"我好想和你们就这样一直骑着自行车,天荒地老。"
大家相视一笑。

自行车是很奇怪的东西,哪怕上了年纪,
只要大家还能相互追逐,就能瞬间回到青春期。

"这大概是我人生最美的画面了吧。"他感叹。
"你才二十出头,以后会见到更多更美的风景的!"她说。

后来他确实见到了很多风景,
但他还是觉得那天就是最美的。

房子首先是由色彩组成的，然后是成员，
然后是家具，然后是构造。

经过了那么多年，
我知道了自己喜欢与怎样的颜色同居，
知道了谁能陪我生活，知道了我依赖哪些物品，
也努力把它们带到更大的生活空间。

房子并不是我一个人住，
那些陪了我生活多年的所有，
它们住得舒心才好。

每个人都有自己的专属玩具，
无论年纪。

如果说我的"玩具"
是各种蓝牙音箱和耳机，
那我爸的"玩具"
就是一整个院子里的中草药。

这些中草药很难被派上用场，
但他总会告诉我，
它们都有怎样的作用。

只是，我的"玩具"是花钱买的，
爸爸的"玩具"是他自己亲手种的。

你的"玩具"是什么呢？

如果前方有风,就迎着风。
如果天上下雨,就拥抱雨。
如果失恋了,那就哭泣。
如果开心,那就奔跑起来,让别人看到最真实的你。

你在任何环境里,
都能成为其中的风景。

"走,带你去吃个好吃的。"
这句话无论何时对我来说都非常有效。
总觉得这句话里藏着亲昵,藏着温暖,藏着热情,藏着希望。

后来我也学会说这句话给别人听。
每次说出来的时候,就觉得自己像个很有奔头的大人。

大海是一个巨大的梦境，
所有靠近海边发生的事，
都是做了一场梦。

我梦见和你一起对着大海许愿。
我梦见我们沉入了海底。

我梦见海天一线升了烟花，
梦见海风抚平了焦虑。

海边的篝火映着我们的脸，
天边泛蓝，我们的梦即将清醒。

于是约定，
第二天的夜晚，
我们在梦里继续沉溺。

刚进社会那会儿,
每每穿过繁华街区与楼房,
总会抬头想里面住着谁,
这些未来是否能与我有关。

后来明白自己对于世上很多事物而言,
只是过客。

既然要做过客,那就尽量做一个好的过客,
能步伐稳健,背影潇洒,仰望的姿态也不卑不亢。

"看,那个人的背影给人感觉好洒脱。"
那就洒脱地活在你所在的城市里。

"这座城市很大，
在哪里才能遇见你？"
-
"我并不在这座城市，
我在外面更大的世界里。"
-
"那我应该去哪里才能找到你？"
-
"你先在这座城市找到自己，
你自然会知道我在哪里。"

序言——
Preface

深夜，烟火，还有我

2012年，我出版了《谁的青春不迷茫》。

当时还有朋友笑说："十年后,你又可以出一本《谁的中年不焦虑》了。"十年后？时间好长。

我也只是简单地想了想——那时的我会在做什么？还在写东西吗？留在北京吗？一切都轻松了吗？还是会过得更难？

了解我的读者大都知道。

我从大一开始写作，一直写到三十一岁时，读者寥寥。

在传媒公司工作满七年，焦头烂额，存款刚超过五位数，时常懊恼三十岁的人生怎么一点有希望的迹象都没有。

唯一的情绪出口便是写作。

什么都写，也不在意他人评价（主要是也没什么人评价），每天写个2000字，就像慢跑了十公里一样，身心舒畅。

出版《谁的青春不迷茫》时，觉得"这不过是我出版的九部作品中又一部不会被更多人看到的作品罢了"。

确实毫无预计，坚持写作十三年后，已经对"刘同写的东西没什么人看"这种说法麻木的我，居然因为《谁的青春不迷茫》被人看见了。

那本书记下了我十年来每一日的人生，细枝末节的念头，赋予每个无聊决定背后的意义。

在我笔下，青春并非为赋新词强说愁又颓又矫情，斑驳陆离又热血洋溢才是它真实的样子。

这本书也决定了我之后写作的内核——无论写什么，都必须拿出人生120%的真诚。

就这样，十年过去了。

十年中，我陆续出版了《你的孤独，虽败犹荣》《向着光亮那方》《我在未来等你》《别做那只迷途的候鸟》《一个人就一个人》。

我以为自己的人生已然走上了正轨,有一份自己喜爱的工作,也依然在用文字表达自己所有的情绪。

没想到这一切到我三十八岁时,戛然而止。

而后两年的时间过得很难,剧本创作不停被推翻,写出来的东西第二天再看也总是变味。

假装乐观无效,想要做的事情一件都没完成。

原地打转,自我否定,极其敏感,朋友建议去看心理医生,我和他大吵一架。

干脆就埋头躲起来工作,不想见任何人。

颠倒黑夜白天,喝了比之前更多的酒,能短暂地明白自己的局限——这些年跑得太快,靠机敏反应躲过了一些子弹,也因为惯性刹不住车,整个人在地上滚得面目全非,毫无人样。

给相同困境的作者发了信息,想聊聊出路。

见面后,纯的威士忌一杯接一杯,五脏六腑都被吐进了马桶里,突然就忘记了自己想要说什么。

只是知道自己废了,却不知道哪里出了问题。

在电脑前一坐就是一整夜,写了删,删了写。

见过比前几十年更多的日出,却再也感受不到内心的月落。

睁眼的第一件事是深呼吸一口气,明知道没什么用,却幼稚地觉得这深呼吸能让我有足够长的血条,去面对当日即将发生的种种神神鬼鬼,去面对所有会影响情绪的事情。

年前,一个恍惚,整个人就趴在了泥泞的地上。

我听到了淅沥的雨声,还有脚踝骨头错位的脆响。

此后的一个月,我躺在剧组酒店的床上,右脚被包裹得严严实实,房间里弥漫着浓郁的中药味,床头放着拐。

我走不了也跑不动，盯着天花板，一时不知道自己身在何处。

整个人像一杯被静置的水，一天两天看不出浑浊为何物，三天四天开始有了分层的雏形。

一周后鼓起勇气拿起电脑，开始重新敲下文字。

拉上窗帘的房间里，像是每天有四十八个小时，我也在昏暗中冲洗着自己这张底片。

不掩饰瑕疵，也懒于花时间假装得体，我在每个字里找到自己真实的样子。

写出什么很重要，但更重要的是——我需要看清一个更真实的自己。

真实的我是什么样子？

朋友总说："刘同，你好像看起来就很积极，很阳光，总是笑着，怎么打也打不死。"

说多了，我也就信了。

以至于，当我情绪真的变得糟糕起来，我的第一反应甚至是不可能，这不是我。

然而生活是日夜更替，自然是四季轮回，没有人能一直活在白天，永远拥有日光。

突然就想明白了。

白天的相聚自然令人欢乐，但深夜的细语也能让人入梦。

于是一股脑把人生中最狼狈、最尴尬、最不想面对的焦虑统统记录下来。

一点一点看清楚困扰自己的问题究竟是什么。

新写的这些文字或不像以往。

不是能拿得出手的烘焙成品。

但却是这几年熬夜辛苦抄写下来的配方。

写了人生最难的这几年，遇到了什么问题，又是如何走出困境的。

写了和父母交底自己的人生，他们是如何理解并认同的。

写了这些年，从一座城市到另一座城市，在前半生中搬了十几次家，最后终于住进了自己喜欢的房子里，这一路做过的梦，以及梦实现的喜悦。

还有十几年后，在机场遇见了初恋，便突然想起了那年相识的原因，也想起了失去联系的唏嘘。

没有丢掉的梦想，半路遗失又找回的心气，陪伴了十几年的宠物，一直带着的那些物品……我并不是孤身一人走到了今天。

于是把往日的安慰换成真相，把过去落力的拥抱换成了搭肩。

走在深夜空无一人的小巷，你我都过得不堪，那就不给彼此无谓的鼓励了，自嘲地相视一笑，就当是一起走下去的约定好了。

说真的，这两年过得辛苦又颓丧，总自我怀疑，又硬着头皮与外界对抗，矛盾又芜杂。

曾想借助外力，也幸亏及时意识到只是需要对自我有更清醒的认知。

每个人都会经历这种深夜难熬、白日难眠的日子。

如果你也曾靠在窗边看过远处，猜测过黑夜的尽头里有什么，或许你也看到过我。

要知道，人生不只有白天和艳阳，还有深夜与烟火。

我希望新书里的这些文字能成为天空中绽放的烟火，在每一个你需要的深夜，映亮你的脸庞。

深夜快乐。

目录 contents

序言 - 深夜，烟火，还有我

01 - 你快乐吗？ 001
02 - 我是谁？ 009
03 - 为了心安，出租车把我放在了大桥的正中央 015
04 - 下辈子你做我的狗吧 024
05 - 希望你能帮我为故事写上句号 041
06 - 再见再见，再也不见 053
07 - 你好就好 065
08 - 披星戴月来见你 073
09 - 换一种方式继续生活在一起 086
10 - 人生最难这三年 090

11 - 低谷相遇的河流，终将在入海口重逢 099

12 - 哪有什么人生高光，无非是做了最坏的打算 106

13 - 做自己相信且喜欢的事 114

14 - 我愿为你排很长很长的队 124

15 - 没被看见的日子，我在干什么呢？ 134

16 - 就算没有花束般的恋爱，有花束般的友情也是好的 143

17 - 我想过自由又热烈的人生 158

18 - 人啊，多少得爱着点什么 166

19 - 旅行就像一杯鸡尾酒，我喜欢一饮而尽的微醺感 178

20 - 不好意思哦，我要重来一次 189

21 - 我们的样子像极了爱情 197

22 - 搬了十二次家，我终于住进我想住的房子里 202

23 - 写在四十岁的一封遗书 220

Happy or Not

Chapter 01
你快乐吗？

Happy

我常常会在突然停顿而产生的安静间隙问自己一个问题。

这个问题出现在我各个年龄之中，五岁，十岁，或十八岁，或三十岁。直至今日，这个问题依然会在突然的安静之中跳出来。

更准确来说，这个问题并不是我想问自己的问题。

不是感觉到安静的那个我问自己的问题，虽然它发出的确实是我的声音。

这个问题就像一个永远在旁观我的陌生人，当我热烈尽情地投入各种事物的时候，它从不打扰我。

只有在我一个人站在阳台上，突然面对夕阳满布的城市时。

在我一个人爬山，突然刮来一阵风时。

当我靠着游轮的栏杆，一个人盯着海面的月光时。

这时，巨大的安静就像穹顶一样笼罩四下，整个世界鸦雀无声，这个问题便走近了。

一个声音突然在耳边响起，也可能是在脑子里或心里响起。

但无论来自哪儿，我都能听得很清楚，那个声音在问：你到底在想什么？

这个问题刚出现的时候，我听不懂。

你到底在想什么？

小时候的我，脑袋一片空白，我在想:这个问题究竟是什么意思?

慢慢长大了，当这个问题再响起时，我若有所思。

我到底在想什么?

我在想我是谁。

我在想我能走到什么地方去。

我总觉得自己不开心，但我并不知道我为何不开心。

我觉得自己日常焦虑痛苦，却不知道这种焦虑痛苦来源于何处。

我意识不到自己活着的积极意义，反正日子一天一天地过，又在一天天的挫折中迎接着下一日的来临。

在我短暂的人生里并没有获得过真正值得放烟火的肯定。

我的人生似乎只是别人每日拿着我与同龄人相比较。

我坐在爸爸的单车后座，看着开车的人从我们身边经过。

为了让我读更好的学校，我妈在电话里不停托人找关系。

如果社会是一幢摩天大楼，我和爸爸妈妈住在哪一层呢?

他们每天忙碌辛苦，告诉我人生唯一的出路就是认真念书。

为了不让他们失望，我总是假装很认真。我高三前所有在学校读书的时间，大概有80%的精力都花在了"假装努力学习"上。

我很清楚自己没有读书的天赋，但为了不让亲近的人失望，唯有假装努力。

假装给他们看，哪怕失败了，我也尽力了，不是吗?

所以当我拿出糟糕的成绩单时，他们的失望比我更甚。

我早就知道自己的结果，并不是等分数出来的那一刻。只是我无法提早告知他们。

陪着演戏，到最后一刻，我假装是命运的捉弄，其实我手里的剧本早就写好了，不是吗?

迷茫混沌之间，那个声音常常会响起:你到底在想什么呢?

那时我就会想:谁能来帮我呢?我能遇到一个怎样的人呢?我能

像他们一样生活吗？我能离开这里，去往更远的地方吗？

想抖落身上五百年的积灰，想一个翻身跃到九霄云外，想大吼一声让今生的睡梦惊醒，想换另一种人生施展身手。

我总觉得另一个世界里的我，应该会比这个世界的我厉害很多吧——也只能这么想，才能坚持一个人走更长的路程。

另一个世界的我会更得体一些，朋友会更多一些，说话更笃定一些，做事更让人信任一些。这样的我肯定会在某个时间回来救我吧。

现实残酷，美梦无法持续。

我只能告诉自己——既然我知道那个世界的人也是我，那这个世界的我应该也能努力成为那样的人。

我想我得把自己的人生过得有意义了，不能再配合所有人的期待演戏，日复一日等待天明了。

再这么下去，人生就醒不来了。

对，活着。

我要做的事应该是真正地活着。

活着。不仅是没有死去，而是能像有些人一样为拥有生命而感到庆幸。不仅是还有一口呼吸，而是我很想去感谢每一口新鲜的空气。

稍微比此刻热烈，比此刻积极，也稍微比以往矫情，比别人更在意自己的感受。

哪怕回答别人提问的时候声音能更响亮一些，如果能被更多人记住，让别人提到自己的名字时会洋溢出一些喜悦，那就更好了。

突然就想起，就像听到一首能放下手头一切事情的歌，看到一篇想要找寻作者的文章，读到一句想要抄写下来的诗，喜欢上一个想了解其所有过往的人，迷上并决定去学习某种爱好，内心就像平静的湖面被投入了一块石子，动荡不已。

虽然一时看不清到底是我们喜欢的东西过于有魅力，还是我们本身就具备成为他们的能力,但等到水波不兴,万籁寂静,你趁着月色再去看倒影,那便是你的真实内心。

别怀疑,别再小心翼翼,一旦时间久了,你便误以为自己配不上这种热情。

还在签名档大方写着"一介凡人,甘于躺平"。

躺平并不显得得体,尤其是你从未向自己,或向世界展示过一丁点的尽力。

哪怕是我今天写下这篇文字,我都在思考,这些年我到底改变了多少。

从大学毕业到今天,过去的十八年,却只像生命里被偷走了一瞬间。

时间真的过去了那么久吗?我真的知道自己要做什么了吗?

照着镜子,我看自己,脸上褪去了青涩,多了老成。眼里还有光,只是两鬓也冒出了几根沧桑。并没有被击垮的疲态。

我庆幸自己在与时间的对抗中,暂时禁住了消耗。

这世间,真正经不起消耗的,恐怕只能是时间本身。

如果要说这些年我明白了什么,我明白了没有人能找到这个世界上真正的正确答案。但在寻找正确答案的过程里,我不停地在见识这个世界不为人知的各种面目。

我交往了一些朋友,付出了真心却被伤害,觉得友情是最不可靠的东西。但现在的我却不这么认为了,友情可靠与否无关紧要,而是人活在这个世界上为什么要靠友情?

我谈过一些恋爱,总觉得自己找不到真正爱的那个,也不配成为别人最爱的那个,只好觉得爱情是奢侈的东西,总有些人是不配的,比如我。

时过境迁,一回头,发现当初觉得一定不合适的,好像也没那么锋利了;觉得没有话题就走不下去的,再聊起来,发现不用聊两个人就这么待着也蛮好。那就处着试试看吧，然后也就走下来了。不是爱情奢侈，而是我曾经看待爱情的角度偏执。

我怕自己无法成为能把握机会的人，于是进入社会的早几年，做过好些能把握住机会的事。快速认识一些人，快速做了好多事，快速得到了一些利益，大家觉得我真是一个很会把握机会的人。后来，我在不同的机会中疲于奔命，我发现我得到的东西不是靠自己一直的坚守与创造获得的，而是靠别人的给予和自己的掠夺得到的。我觉得不舒服，也不安。

我终于明白，我并不想成为时刻把握机会的人，我只希望机会来的时候，它能看到我是所有做好准备的人里最不疾不徐、最踏实的那个。

毕竟，时代早就变了，以前比的更多的是机会和运气，现在比的只有实力了。

站在时代的火山口，热浪拂面，随时都有被吞噬的危险。

可也因为站在这儿，没有退到安全距离之后，才知道自己看到的是什么。

我是靠着自己的努力走到这儿的吗？

我突然意识到，我是被"你到底在想什么"这个问题带到这儿的。

这些年，我因为这个问题而去尝试找到真正的答案。

后来才发现这个问题背后藏着很多其他的问题。

你在想什么？你人生每个阶段想的事情是一致的吗？为什么会突然改变兴趣呢？

你能做到你想的事情吗？你想过你能做到什么事情吗？你的想法会损伤别人的利益吗？

你的想法合理吗？别人对你的看法有什么建议吗？

如果别人看不起你的想法，你还会坚持吗？给自己多久去坚持呢？有设置什么期限吗？

你敢为你的想法付出什么代价呢？如果没有破你的底线，是不是无论怎么辛苦都可以呢？

这些问题从我进入大学之后一直伴随着我。

从郴州到长沙到北京。

从十八到二十八到四十。

从不谙世事到依然放肆。

从自己都不喜欢自己的少年到慢慢获得很多人信任的大人。

从觉得自己会孤独一生，到遇见了可以一直走下去的人。

这些问题的答案如人生的指路标，一直指引着我往某个方向走着，未来是否会走到终点，我不得而知，但我知道我能循着这些路标回到起点。

此刻写下这些文字的我，正窝在剧组宾馆十几平方米的小房间里。

我正做着自己喜欢的事，和相信自己的一大群人刚跨过除夕。

明天我们还将在各自的工作岗位上继续奋斗。

就觉得一切真好。

十七岁的我觉得现在的我应该比那时的他更得体一些，朋友会更多一些，说话更笃定一些，做事更让人信任一些。

确实如此，我做到了，但是这些并不是最重要的。

最重要的是——现在的我和那时的我想着的还是一样的问题，依然在寻找着更准确的答案。

这些问题让我很愉快，比那时的他要愉快很多。

所以我也想问问此刻正在看这篇文章的你：

你在想什么呢？

你每个阶段想的事情是一致的吗？

如果改变了，是为什么会突然改变兴趣的呢？

如果没改变，那你是否变得更自信了呢？

你能做到你想的事情吗？

你想过你能做到什么事情吗？

你的想法会损伤别人的利益吗？

你的想法合理吗？

别人对你的看法有什么建议吗？

如果别人看不起你的想法，你还会坚持吗？

给自己多久去坚持呢？

有设置什么期限吗？

你敢为你的想法付出什么代价呢？

如果没有破你的底线，是不是无论如何辛苦都可以呢？

你快乐吗？

who am I

Chapter 02

我是谁？

我想每个人都曾问过自己这个问题吧。

"我是谁?"

因为不清楚这个答案,所以常会去问朋友:"你觉得我是个怎么样的人?"

企图通过别人的眼睛和嘴来拼凑出完整的自己。

只是可惜,我们的行为常常被人误解,又或者是我们的行为与我们所思所想并不一致,自然会被人误解。

"我是谁"这个问题一直困扰着我。

我只有清楚地知道自己是谁,我才知道自己在什么样的场合会说什么样的话,遇见什么样的人会有什么样的反应,我需要了解自己的脆弱,才能把自己更好地保护起来。也需要知道自己的优势与爱好,才能让自己在人生的道路上走得不那么难堪。

要了解自己是一个漫长的过程,但定会随着自己的尝试而有新的发现。

在多次当众发言之后,我才知道自己是一个会因为过度紧张而肠痉挛的人。无论参加多少次活动,只要当众发言,我的身体总是会隐约作痛,而我能做的就是尽量放轻松,忘记当众说话这件事。

我是一个撒谎脸就会立刻红起来的人,还伴随着说话结巴。

我喜欢闻柴油发动机排出的废气味道,我喜欢闻家具刨花的木材味道。

我喝完黑咖啡很容易激动,我喝完奶茶肚子会不舒服一下午。

我写东西时必须要听音乐。

我看外国文学,永远记不住主人公的名字。

我碰到喜欢的人,脸部表情会不自觉变得严肃。越是喜欢越是严肃,让人以为我讨厌对方。

我见新朋友之前都需要喝上一杯酒,那时的我会比不喝酒的我有趣很多。

我喜欢黄色的灯光,白色冷光让我浑身不自在。

坐任何交通工具我都喜欢右边靠窗,从出站口出来我都会小跑一阵,狼狈一小会儿,但会节约很多人挤人排队的时间,心情就很好。

我的耳朵里一直塞着耳机,让我很有安全感——别人不会来跟我说话。

在KTV唱Rap的我会比唱情歌的我显得更自信。

我喜欢墨绿色和天蓝色胜于别的颜色。

我手机里的应用软件不按功能分布,而是按颜色分布,我更容易找到它们。

我的衣柜也是按颜色来分类的。

我喜欢吃"真功夫"的辣骨饭套餐,外加蒸蛋和外婆菜,外出签书会的日子我连吃过一整周。

比起管理工作,我更喜欢和大家一起创作内容。

签书会上,比起签名,我更喜欢和大家面对面聊上一两个小时。

我讨厌身上带着负能量和戾气的人,会第一时间回避。

也讨厌交际花一样的人,觉得自己只是对方的猎物而已,一点都不带着真心。

一口气写了这么多,这些都是我在经年累月的尝试里,慢慢得出了"原来我是这样的人"的结论。因为如此,所以我会在未来的日子里,根据这些去照顾自己的情绪,调整工作与生活内容,让自己过得更轻松一些。

以上都是一些浅显的表象,而真正深层次的自我则需要在一段长时间的坚持里才能得出结论。

不知道是我性格的原因(容易情绪激动),还是穿着打扮的原因(二十来岁的时候总是穿得花花绿绿,脖子上来回挂着各种耳机),我常被人觉得很浮躁。以至于有时写自我评定,被人问到自己的缺点是什么,我想都不想就会说"可能还蛮浮躁的"。

我到底哪里浮躁呢?其实我是不太清楚的。

但似乎因为大家都这么说了,我觉得可能我就是那样一个人吧。

直到读了大学之后,我的辅导员和别人谈到我时,会说:"刘同这小伙子还成,你别看他一副吊儿郎当的样子,但能在一张桌子上坐一下午写东西。"

后来参加工作了,我的制片人第一次和台领导因为我而争吵时,他也说:"我觉得刘同就是可以的,他能一整个月坐在他的出租屋里写一本小说,姑且不论写得好不好,光是能坐得住这件事,咱们就应该再给他一次机会。"

这两件事给了我很大的鼓励,其实我并不浮躁,对吧?

我是能把事情坚持下去,并且做完的,对吧?

三十六岁那年,我突然想写一个长篇小说,并把它拍摄成电视剧,这是一个极其复杂又漫长的过程,从一开始公司并不同意,到慢慢看着我真的愿意坐在办公室从白天写到深夜,整个办公区只有我噼里啪啦敲击键盘的声音,公司的态度似乎也慢慢转变了。

在写《我在未来等你》时,写了两个多月后才发现一个逻辑漏洞,如果要改的话，要从头推翻很多东西，全盘再改又需要一个月。而那时所有人都在等我，我需要写完小说，出版，同时改编成剧本，再建组拍摄，再剪辑制作，再报批审核。一件需要做两年的事，就这么在我这儿卡住了。

我问自己：万一我写不出来呢？就算我写出来，万一改编的剧本不过关呢？万一电视剧拍不成呢？万一无法播出呢？任何一个环节出问题，这件事情就完蛋了。

我就停在那儿发呆，一直问自己，是继续敲键盘呢，还是直接认怂算了？直接接受公司安排的一个项目，不必原地挖井。

想着想着，就觉得自己好惨，才华配不上野心，成长跟不上发展。

如果直接选择放弃，这辈子可能就再也不会鼓起勇气来做一件这样的事。

我三十六岁了，心气势必随着年纪渐长而减弱，年轻时失败总比老了失败更容易爬起来。

所以，尽快尽早失败才是正经事。

这样想着，我的手又噼里啪啦地敲起键盘来。

我不能自己放弃，但我可以接受被人觉得不行而淘汰。

我心里默默念着这句话，眼泪就莫名其妙地流了一脸。

明明没有观众，为啥我一个人也能把戏演得那么起劲呢？

啊，可能是演给自己看的，感动了自己，才能重燃斗志继续走下去。

从2017年9月敲击第一个字开始，到2019年9月电视剧上线播出。

两年的时间，我终于把自己想做的那件事，一点一点地完成了。

两年间，公司也没咋催促，就让我自己一个人吭哧吭哧地弄着。全部结束后的某一天，同事跟我说："头儿今天说你真是能扛，一个人'哒哒哒'敲键盘敲了两年，就把一件复杂的事情一个一个字给敲完了。"

这大概是我听到的最令我喜悦的评价。

于是，我又在我三十九岁的时候得出了一个结论——我还真是一个死扛到底的人。

以前对自己的评价和了解更多的是碎片化的拼接。

热情也好，冲动也罢，但经过一长段时间的尝试后，我对自己得出了更具体的结论——在我的工作上，只要我愿意花时间，不着急，我就一定能做出一些事情。

当我明白这一点之后，对于工作我似乎没有那么害怕了。以前我总是被安排去做某一个工种，要配合其他人，心里没底。现在心里有数了，也能很明确地告诉同事们，我们要做什么，要怎么做，大家一起努力就好。

所以现在的我，正带着同事一起写两个电影剧本。算一算时间，写这篇文章的时候，我又已经花了快两年的时间，不过我不再着急了，我知道每一天这么工作下去，自然而然会有一个结果的。

Songs for Me

Chapter 03

为了心安，
出租车把我放在了
大桥的正中央

因为工作原因，平均每隔两年我就要住几个月的剧组酒店。

说是酒店，其实条件更像是招待所。

常年待在剧组的人，早练就了一身本事——论如何把招待所装修成自己的房间。

说是装修有点夸张，说白了就是替换部分物品，让自己的剧组生活变得更有幸福感一点。

第一次跟着剧组住宾馆时，有同事把宾馆的床单被套枕头都换成自己的，我还觉得夸张。

直到我躺在床上，用被子蒙着头，总觉得被子有些许异味，立马又想到这床被子应该接待过不少客人，心里便毛毛的。

一两天忍忍就过去了，但我要在剧组待两三个月，这期间每天都要想一遍这件事，实在是痛苦不堪。

学乖了，学乖了。现在我住剧组酒店，第一件事就是把所有的床上用品都换成自己的，连被子也是新买的。看起来没什么必要，但平摊下来，每天十几块，就能让自己再也不会产生"我到底盖了谁盖过的被子"这种念头。

安心，绝对是一个人过得舒服的重要标志。

经过好几次的剧组生活，我突然从一个毫无生活自理能力的人，变成了一个非常会照顾自己的人。

很多朋友听说我住在剧组酒店,查了一下网上的图片,纷纷对我表示同情。我对他们说大可不必,你们才不知道我在剧组住得有多舒服。

入住剧组酒店的第一件事,我会让服务员把所有一次性的用品全部撤走,包括毛巾浴巾、电吹风、洗漱杯等等。撤走就意味着,我的这些东西不需要每天更换,不仅环保,更重要的是它们不会时刻提醒我住在酒店。

接着我把房间里所有的白色灯泡换成黄色灯泡,就有了归属感。

我还有个习惯,无论去哪里出差,我都会带着一个自己喜欢的蓝牙音箱。

虽然有些不错的酒店也会贴心地提供音箱,但不知道是不是心理作用,我总觉得酒店的音箱被太多人用过,它发出的声音并非只针对我一人。加上不同酒店提供的音箱不尽相同,音色也参差不齐,高低音的配比适应起来也需要时间。所以随身带一个自己的音箱,太令人愉悦。

早起、工作、睡前,音乐响起的瞬间,整个房间就像被一个结界给包围了,谁也无法打扰我,我只管在音乐里做自己喜欢的事,十分有安全感。

一个可以喝茶的大搪瓷杯,一大罐最喜欢的白桃乌龙茶叶,一个自己的简易热水壶。每天洗完澡冲上一大杯热茶,闻着白桃乌龙的香气,坐在桌前开始写作,这简直是人生最美好的时刻。

浴巾和毛巾也换了自己常用的,非常厚,非常吸水,用完就寄回去,也不浪费。

一罐薄荷味的香薰蜡烛,每次从剧组回到房间就是这种味道,瞬间就能脱离周遭的一切。

这次拍摄正值冬季,我买了一个小米的快速加热器,299块钱,却能给一个小房间提供足够的温暖,还能用来烘干手洗的贴身衣物。

房间的空调就不用再开了，空调的噪声大，吹出来的热风也让人浑身不自在。

最后整个瑜伽垫和无绳计数跳绳，每天的有氧训练和肌群训练也有了保障。

无论在何种环境下，这样的改变都能让我觉得安心。

想起大学疯狂写东西的时期，因为宿舍晚上断电，点蜡烛写点什么也会影响到其他同学，于是我就缩衣节食地找了一间小民房，住了进去。

那是一间几平方米的出租屋，一张单人床、一张书桌、一张椅子，门背后挂两件衣服，其余的东西全部塞在床底，便只剩一个转身的空间了。

现在想起来，那并不是一个会让人觉得舒适的居住环境，但为了让自己安心，我便去批发市场扯了十几米自己喜欢的布，让店家帮我做了一整套的床单、被套和枕套，以及桌布和窗帘，一个小房间的色彩立刻被统一起来。桌上再放半截绿色的雪碧塑料瓶，用来当花瓶，每周按时插一束雏菊在里面。哪怕没钱吃饭了也会买，觉得那是除了我之外，这个房间唯一的生机。

拉上窗帘，一个小世界便从现实中遁去。

低头弯腰的我，在二手市场淘来的笔记本上不停敲击，一个字一个字，试图去建造几级能让自己看见这个世界的阶梯。

一个有线音箱，一个CD机，跟了我好几年。

喜欢的CD靠着墙一张一张摞着。

放空随意的时候，我便放无印良品的专辑。

夜深人静的时候，我听江美琪。

孙燕姿和梁静茹与大晴天格外合衬。

许茹芸和熊天平听着听着，就能写出很长很长的东西。

睡前放锦绣二重唱的所有专辑，听着听着莫名就觉得自己很幸福，安心入梦。

走路时听蔡健雅，乘公车时听蔡依林，或想自己或猜别人，在每个歌手的音乐里都藏着自己不为人知的秘密。

还有好多出了一张专辑就消失的歌手，听的时候并不知道那张专辑、那首歌曲就是我和他们唯一的交集。之后想再继续等待他们新的作品时，却再也等不到了。

如果不是因为写下这篇文字，我是断然不会去翻阅以前收集的卡带和CD的。

查阅后才发现原来当时陪伴我的那么多好听的歌曲，也只是停留在那时了。

吴名慧的《心情电梯》，初次听到时，大为惊艳，很多人觉得她在刻意模仿某种风格，但我觉得她如果继续下去，一定会出头的。后来，她并没有继续。

卢春如的《熄灯》《我不是她》，多少次重复，橘红封面的卡带，我在包里揣了许久。

郭嘉璐的《带我去飞呀》，真是有趣啊。她第一次来湖南开歌友会，我听说朋友是导演，就主动请缨写歌友会台本换来近距离听歌的机会。

山风点伙的《无法忘记》，中坚分子的《爱人好累》，两个女生的《两人三角》，又上耳又痴情，只可惜这种两个人的结伴似乎都没能很久地同行。

林凡的《一个人生活》虽然好听，但《再见西雅图》让我许了一个一定要去西雅图看看的梦想。

阮丹青的《有染》，堂娜的《解药》，刘沁的《影子》，陈冠蒨的《留一点爱》，何嘉文的《loving U》，刘虹嬅的《清晨五点》，何欣穗的《分心》，曾宝仪的《冻心》……各有各的性格，各有各的有趣。那时大家写歌唱歌似乎都没有用尺子，全是白纸泼墨，恣意又洒脱，哪怕过了二十年，也丝毫不觉得老气。

杂房的箱子里还有很多专辑。梦飞船，星盒子，本多RuRu，洪爱莉，黄湘怡，许哲珮，吴恩琪，增山裕纪，张栋梁，Tension，丁文琪，丁小芹，芮恩，张智成，no name，大嘴巴，南拳妈妈，刘允乐……

除了少数几个名字现在还在唱着歌，绝大多数歌手早已不知所终。

一张一张仔细回忆，这些专辑就像是硬盘，储存了那些年所有的往事。

以前有人说：真可惜，那时没怎么记录，我都忘记了成长中的好多事。

我就很庆幸，只要听到过去的任何歌曲，我就能想起听那首歌曲的时期，我发生了哪些事，又是怎么样的心情。

我把所有的回忆都刻在了各种专辑里。

林晓培唱《她的眼泪》，慵懒沙哑的声线里，我一个人度过了十九岁的生日。

那天的我裹着围巾，穿得严实，想约一个自己喜欢的人陪我过生日被拒。回学校的公车上，林晓培又在唱着《烦》——烦呐烦呐烦得不能呼吸，烦呐烦呐烦得没有力气，烦呐，我烦呐。

听着听着，我突然笑起来，觉得自己好惨，连CD都在嘲笑我。

车上的人看着我。

我转过身，面对车窗，心想这兆头不太好，大概我的十九岁会一直很烦吧。

黄湘怡的《毕业旅行》储存着我二十二岁当高中实习老师的记忆。

那天学校下着小雨，班上的调皮孩子受了批评跑了出去，我也急忙跑出去找他。直奔学校后山的偏僻处，找了快一个小时，人影都没看到，雨越下越大，全身都淋湿了。

耳机里一直重复着这首歌，我站在山坡上，不知该退后还是前进，茫然中收到了同学的信息，说孩子已经找到了，让我回去。

张智成的《重返寂寞》是我加班到凌晨三点的背景音乐。

从湖南广电大楼出来，空无一人，离首班公车还有三个小时，身上只有20块钱，打车回家也不够。思考了半天，上了广电门口的一辆空出租。

司机问我去哪里，我不敢说目的地，就说往河西师大的方向开，然后死死盯着里程表，还差两百米就要超过20块钱的时候立刻喊停，也不管当时自己是不是正在桥上，在司机疑惑的目光里下了车，剩下的路靠自己走回去。

吹着夏天潮湿的夜风，我一会儿觉得自己好聪明，一会儿觉得自己好惨，也不晓得未来会不会一直这么惨？

不会的不会的，我告诉自己晚上加班真的学到了好多，明天应该会比同龄人稍微厉害那么一点点，但厉害那么一点点可能也不够，还要更厉害一点才可以。

张智成在歌曲的末尾唱"从今后就选择沉默，选择服从岁月如梭，选择服从孤独寂寞"。

我想我可不能选择沉默，更不能选择服从岁月如梭、孤独寂寞。

不然，我也不会用仅有的20块钱拦一辆出租车，剩下的路自己走回去。

我可真棒啊。

我在喜欢的人面前播放了黄中原的《遥远》，对方问这是谁，歌真好听。

我说对啊，除了这首，他还有几首歌都很好听。

那晚，我们就躺在床上，我放了好多好多我喜欢的歌曲。

我喜欢的人喜欢我放的歌曲，听着听着，突然说："要不，以后你一直给我放好听的歌吧，我也省事了。"

好啊！没问题！

虽然黄中原撕心裂肺地唱着"遥远行星，遥远了你，我走得太远回不去"，可我在这样的悲怆中找到了自己可以围绕的行星，不远不近的距离，躺在一起听着好听的歌曲。

虽然，最后的结果不尽如人意。但我真的为自己喜欢的人放了很多很好听的歌曲，至今也沉溺于做这种事情。

这些年我没有变，我依然会用身边的一切来照顾自己的情绪。

无论是将情绪寄托在某些物品上，还是反复去听一首熟悉的歌曲。

将一只手伸出去，交给最信任的任何一种事物，任它把我带去云霄十万里。

因为真的给我带来过安心，所以我也会将自己喜欢的歌曲通过文字分享给读者。

有时深夜，我在音乐软件上听到一首曾经很喜欢的歌曲，打开评论准备留言时，我能发现很多读者早已在上面评论了——我是因为同哥的书来的，这首歌真好听啊。

看着见证我青春的歌曲，也潜入了读者们的深夜，我很满足。

听《重返寂寞》那个加班的凌晨。

我在大桥上下了车，自己给自己打气，迈开步子朝租的房子走去。

那辆载我的出租车经过我身边又停了下来，司机摇下车窗，用湖南普通话超大声地说："喂，你是不是没钱了咯！"

我一愣，看了一眼桥下的湘江，尴尬得好想从桥上跳下去啊。

但是我笑起来："是的！我怕超过了20块，没钱给你！"

司机师傅："你住师大里面是吧？上车吧，我送你！不要钱。"

我想了想，上了车，不想辜负人家的好意，连声感谢。

司机师傅一边嚼着槟榔一边说："我儿子和你差不多大，在上海实习，希望他不会蠢到在大桥上下车走回家。"

过了一会儿，他又自言自语："但我又觉得我儿子应该像你一样，尴尬也要尴尬得坦荡一点。"

Be My Dog

Chapter 04
下辈子
你做我的狗吧

网购了一些书，拆了放在客厅的茶几上，早晨去上班时随手翻阅了一下，打算先看《山茶文具店》。

晚上回家时，突然想起这件事，泡了一杯茶，直接拿起了最上面的一本，走到书房。

坐下来突然发现，自己手里的不是《山茶文具店》，而是莫言的《生死疲劳》。

愣了一下，我分明记得，出门前我翻了几页《山茶文具店》，确定了晚上要看这一本，才放在一堆书最上面的位置。

我又回到客厅，《山茶文具店》一动不动地躺在最上面，《生死疲劳》刚刚放在它的上面。

虽然最近睡眠质量一般，但并没有糟糕到会失忆的地步，我甚至能记得我早上的心情、动作，以及最后一瞥的那个画面。

我给打扫卫生的阿姨发了个信息，问她今天来家里打扫了没。

她说没有，不是周二和周五打扫吗？今天是周三啊。

我说抱歉，我记错了。

于是我就坐在茶几前的沙发上，思考起这件事情来，到底哪里出了问题。

刘同坐在客厅沙发上盯着茶几上的那一叠书时，我和二白正一左

一右躺在他的身边。

我应该正式介绍一下自己,我叫刘同喜,是刘同养的一只黑色泰迪,今年已经十二岁了。

而二白是在我八岁的时候,刘同怕我太寂寞,领养回来的另一条棕色泰迪。

不过刘同刘同的,这么叫不太尊重,我应该喊他爸爸才对,起码我知道他跟他的朋友和读者介绍我和二白的时候,一直说的都是儿子。

我爸先是正经坐着,然后整个人蜷缩在一起,嘴里一直在吸气,发出"滋滋滋"的声音。看起来,他非常疑惑眼前的一切,甚至跟他的朋友Will打了个电话,说起这件事。

Will叔叔一听就是喝多了,他的回答简洁干脆:"你别每天忙工作了,神经兮兮的,不如现在出来跟我喝一杯放松一下啊。"

我笑起来,二白伸了一个懒腰,用余光瞟了我一眼,哼唧了一句:"你会把爸爸搞疯掉的。"

我说:"不会的,他马上就会觉得是自己的记忆出了问题。"

当然我和二白的对话我爸是听不懂的,他只能听到我和二白相互哼唧,他便一左一右两只手开始帮我和二白挠痒痒。

本来我趴着,我爸一挠我,我就肚皮朝上,让他挠个够。

果然他笑起来,把注意力全部投入到我的身上了。

"同喜,你都十二岁了,怎么还喜欢撒娇耍赖?"

哼哼,我不仅会撒娇耍赖,我还会把《生死疲劳》从一摞书的最底下抽出来,换成第一本。要问我为什么这么做,因为白天我在家没事的时候,把这些书都翻了一遍,莫言的《生死疲劳》写得真好,一个人的六道轮回,变驴变牛变猪变狗。每次转生都通人性,都能和主人有心灵交流与默契。我就很希望我爸看了这本书之后,能意识到我也是这样的一条狗,我也有和他交流的欲望。

我弟二白不明白我的做法,他才四岁,觉得每天能吃能睡能晒太阳就很开心了，好不容易成了一条狗，摊上一个舒适的家，享受才是最重要的。他说自己上辈子实在是太辛苦了。

我问他上辈子是干啥的，他想了半天，说自己记不得了。

也难怪，莫言在书里写了，投胎之前都要喝一碗孟婆汤。

"那你呢？是干什么的？"二白问我。

其实我也忘记了，但这并不妨碍我想和我爸有更多的交流。

《生死疲劳》写得真好，边读边感慨，尤其是西门金龙丧心病狂地把西门牛的鼻环扯断那一段。我低头看看同喜和二白，他俩正趴在我的脚下，修身养性。

我放下书，把他俩抱在怀里，使了一点劲儿。

他俩回头看我，眼神里透露出"你又发什么神经"的信息。

我把二白先放到地上，他就蹦跶着去找他的玩具了。

我双手举着同喜，和他对视，他也看着我。

眼神从小到大都没有变过，还是清清澈澈，没有一点颓唐的气息。

他十二岁了，超过八岁的狗就算老狗了，每次想到他的年纪，我心里都会突然空那么一下。虽然我知道他精神很好，身体很好，但还是会忍不住想，如果，万一，哪一天他走了，我到底是什么样的心情呢？

会哭吗？应该会吧。

继而又想：还有什么方法可以让他陪在我身边更久一点呢？

他年纪大了，也没有办法再生育了，我也无法把对他的思念放在他的后代身上。

以前看过美国的一个婚姻调解节目，一对夫妻争吵的矛盾点是老公把死去的宠物犬做成了标本放在家里，就跟没有死一样。

老婆因此要离婚。当时看的一群朋友纷纷表示不能理解老公的做法，只有我心里默默地想，如果有一天同喜走了，我也会这么想吧……当然也只是一个闪念，毕竟，我根本不愿意去思考这件事。

我出生在北京郊区的狗场，和十几只小狗挤在一个小棚子里。

只要有顾客来选狗了，狗场老板就会把我们都从棚子里赶出来，看谁能被选上。

从人的角度来看，我们一群两个多月的狗崽挤在一起，跌跌撞撞，没有方向。

其实按莫言的说法，每只狗都是做过人的，我们当然很清楚在什么时间做什么事，正确最重要。

大部分的狗对自己的未来不抱期望，他们觉得来狗场选狗的人，生活都拮据，对狗也没什么要求。条件好的主人都在城市里的宠物店进行选择。

一旦人对某个事物没什么要求的时候，就说明这个人也不会对这个事物负责。

装病、装瘸、装视力不好、装弱智，都是我们的拿手好戏。

但如果能被宠物店的老板挑到宠物店去，我们的命运就会好很多。

2010年初秋的夜晚十点多。

我们都围在妈妈身边，好不容易无视蚊虫的叮咬，缓缓入睡。

突然来了客人。

"老板，我想要一只西高地白梗。"

哦，只是要一条西高地，肯定不是宠物店老板了，和我们泰迪没什么关系，我们继续睡。

"没了，只有泰迪了。"

"昨天打电话的时候，你不是说有吗？还让我尽管来。"

"你来晚了，一个小时之前，最后一只刚被买走。"

我笑了，这个狗场从来就没有什么西高地白梗，全是泰迪。

反正老板只要把人骗到这个郊区狗场来，99%的人都不舍得白跑一趟。

两个人的争吵声越来越大。

老板说:"你也别白跑一趟,看看我家泰迪吧,万一有合眼缘的呢?我给你便宜一点。"

对方沉默了一会儿,估计点了点头,突然棚子的门就被打开了,狗老板又把棚子里的我们全都赶了出去。

大家都昏昏沉沉,走路歪七扭八的,只有我一个劲地往前冲。

我倒要看看是谁那么傻,居然被狗场老板那么明显的谎话给骗了。

然后我就看到我爸了,穿了一件黑色皮衣,正盯着我们一大群狗看,脸上依然是很失望的表情。看得出来,他对我们这种狗完全不感兴趣。

他不挑泰迪我也能理解,四处折腾,天天发情,心理不强大的主人还真没法把泰迪给带出去。

我率先跑到他的脚边,他穿了一双白色的鞋,我一身脏兮兮的,就往上蹭。

老板伸出脚想把我赶开,他制止了,任我把他的白鞋蹭脏。

他突然蹲了下来摸了摸我。

"好丑啊。"他扭过头对一起来的朋友说。

老板毫不死心:"别看现在丑,是因为还没长开,等毛一换,绝对精神。"

和他一起来的朋友是Will叔叔。

Will叔叔说:"要不算了,养狗是一辈子的事,既然你想好了要养西高地,回头养了泰迪后悔就糟糕了。"

"也是。"他站起来,决定回去。

老板跟在后面劝他:"刚刚这个小狗蛮精神的,我平常都卖1200,今晚你要就800吧,800你立刻拿走。"

就算是800块钱,他和朋友也没有停下来。

车辆启动,那辆白色的小车瞬间就消失在了狗场外。

能开一辆小破车,还出不起800块钱?

其实我也知道不是钱的事,而是承诺的事,我还不到他可以为我做承诺的程度吧。

那凭什么西高地白梗就可以!

哎,说白了,我其实有点想跟他走。

因为他愿意让我蹭他的白鞋,也不恼,这样的主人应该会对狗很好吧。

刚回到棚子,突然狗老板又把我们赶了出去,真是没完没了。

气得一条小花泰迪说:"这样生不如死地被赶来赶去,还不如投胎当只肉狗直接被卖进狗肉馆得了,一了百了。"

他还真是想得通透,我不想,我还是想找到一个主人,好好过一生。

狗最值得的一生,就是能和主人相互陪伴。

老板:"刚刚就是那一条。"

老板指着我。

我一看,还是那个穿皮衣的男人,他看着我笑,然后蹲下来,朝我招招手,我好开心,摇着小尾巴,跌跌撞撞一头就撞了上去。

上了车,Will 开车,我在后座的笼子里紧张地叫唤,穿黑皮衣的人就把我从笼子里抱出来,搂在怀里,不停地安抚我。

一路上我就听着他俩聊天。

我才知道刚才车在回程的路上,摸我的这个人一路没说话,Will 问怎么了,他说:"脑子里已经全是那条小黑狗的样子了,而且黑狗非常配我今天穿的黑皮衣,不是吗?"

Will 就讽刺他,反正只要他决定了要做什么,可以找出一万个千奇百怪的理由去说服自己。

然后,Will 就调了一个头回来接我了。

回家的路上,我知道了,这个穿皮衣的男人叫刘同,二十九岁。

在一家电视公司做节目制作人,他工作很忙,早出晚归。

回家之后最喜欢干的事情就是写东西,所以很希望有一只宠物能够陪着他。

猫太不亲人,他想养一只能亲近一点的宠物。

我闭着眼睛,假装睡着了,心中狂喜:这不就是我吗!我超黏人的!亲近第一名!

我有一个自己的微博,粉丝还不少。

很多人都以为那是我爸的小号,其实那就是我自己的微博。

我还记得那天是2011年4月30号,我爸正靠在床头写微博,我想看看他在干吗,就用爪子扒拉他。

扒拉了两三下,他突然把手机给我看:"我在写微博,咋了,你也想要微博吗?"

虽然我并不晓得微博是个啥,但看我爸每天要花好多时间做记录,我觉得应该是个有趣的东西。

我就哼唧了一句,意思是:好啊好啊。

我爸一拍脑门:"怎么回事!居然需要你来提醒这件事,我就应该一早给你开一个账号。这样,你的事情都可以发在你的微博上了。你拥有自己的生活记录多好啊。"

从那天开始,我就拥有了一个自己名字的微博账号——刘同喜。

我想我大概是拥有微博账号时间最长的狗子了吧,到今年就是第十年了,一共更新了九百六十八条微博。

我划拉了一下里面的内容。

好羞耻,什么内容都发过,吃了花肥吐了一地,找了媳妇亲热了一下,出去郊游,剪了头发,被我爸惩罚……还记录了二白刚来家里的样子。

在二白来之前,爸爸给我抱回来一只几个月的灰泰迪,我不喜欢,躲得远远的。

爸爸一直希望我和小灰泰迪成为朋友,我就是不理。

他没办法就把小灰泰迪送了回去,对朋友说:"我家刘同喜可能怕被抢了地盘。"

我才不是因为这个咧!我已经是一条非常懂事且成熟的狗了。

分明是那只小灰泰迪刚来家里,就在沙发上撒了一泡尿。

我爸觉得他年纪小,所以才乱撒尿。

小灰泰迪撒尿前,狡黠地一笑,他就是想测试一下新家主人的底线到底是什么。

有些好狗是通过互动来确认主人的喜好。

有些坏狗是通过破坏来确认主人的喜好。

他活该倒霉遇见了我,毕竟我待在家里的时间比我爸久多了,我可不喜欢把家里弄得乌烟瘴气。

虽然……我爸惹我生气的时候,我也会搞搞破坏,但那是有原因的嘛。

后来我爸又把二白带了回来,他很担心我还是不接纳二白。

我趁他不注意的时候,悄悄地走到装二白的篮子旁边观察起来,二白正闭着眼睡觉。

二白刚满三个月,被小毯子裹着,是一条圆滚滚的棕色泰迪,可能妈妈的奶水很足。

我低头看了看自己,虽然爸爸这些年把我照顾得很好,但无论我吃什么都很瘦,就是因为小时候在狗场的时候营养没跟上,没发育好。

二白突然睁开了眼睛,我和他猝不及防来了一个对视。

他歪着小脑袋,下巴上有一坨白色的毛。

"你为啥叫二白?"

二白用小胖爪子把毯子扒拉开,原来他的胸口上还有一簇白毛。

"因为我有两簇白毛,所以我就叫二白了!"二白咧开嘴,想龇牙笑,但一颗牙齿都没长出来。

"我看你还是叫'二白五'比较好哩。"

"好啊，那以后哥哥可以喊我二百五。"二白非常自来熟。

"谁要当你哥哥？"我转身就走，一转身发现我爸正站在我身后，一脸笑意地看着我和二白。

养二白唯一的原因是我怕同喜年纪大了之后，没玩伴容易抑郁。

虽然我爸是好心，但他并不知道，我并不寂寞也不抑郁。

他不在家的时候，我什么都做。

看他买的书和b站的综艺选秀，研究为什么有些植物长得不好，我就会推它们去晒更多的太阳。我忙得很，也充实。

但好像人类总是觉得"一个人（条狗）独自待着就很惨，就会抑郁，一定要给他们找个伴儿才行"。

关键是我爸不是还写过一本书《你的孤独，虽败犹荣》吗？

他为啥就不能理解一条狗的孤独其实也很充实呢？

自从有了二白之后，同喜的精神面貌也好了不少。

之前我每次晚回家都会很愧疚，觉得同喜整天自己待着太可怜了，现在就不必担心了，如果二白对家里什么感兴趣，起码同喜也能起到一个导游的作用，让二白对这个家不会那么生疏。

二白来了之后，很多事情我就不能做了。

上次我看动画片《国王的排名》正投入，突然闻到餐厅传来一阵浓郁的鱼粉味道。

我全身紧绷，立马冲进餐厅，发现二白把柜子里爸爸买的一箱速食鱼粉拖了出来，然后把箱子里十二包鱼粉全部都拆开了，各种调味料、面饼满满当当铺了一地。

我十分震惊地看着犯罪现场，我问二白："你拆一包不就够了吗？

你为什么要把每一袋都拆了？你到底要干什么？"

二白咧着嘴："拆鱼粉比玩爸爸买的那些粉扑扑的玩具娃娃有趣多了，你不觉得玩娃娃的狗都太娘了吗？"

那次之后，我基本上就没时间做自己的事儿了，我每天趴在沙发上死死地盯住二白，害怕他突然脑袋抽风又干出一些什么事情来。

明明二白是来做我的玩伴的，没想到我成了他的保姆。

他去哪儿，我去哪儿，他上桌，我也必须上桌把他吼下来。

他要打开柜子，我就要把柜子关上。

这一天天的，我每天的运动步数都让我在朋友圈的健身排行里天天占领封面。

退货还来得及吗？我看着二白，脑子里只有这一个想法。

我无奈地叹了一口气，二白立刻走到我身边贴着我躺下，半个脑袋靠在我的身上。

他问："哥，我没来的时候，你过得愉快吗？"

愉快！！！非常愉快！！！

比现在愉快一万倍！！！

但我用大人的语气回答他："各有不同吧。"

这十二年间，刘同喜跟着我搬了五次家。

从一居室，到两居室，到三居室，到现在。

每次他好不容易熟悉了家楼下的环境，认识了一些朋友，我就又带着他换另一个地方居住。

熟悉的，立刻就不熟悉了。

唯一熟悉的，只有我了。

但好在，我俩的日子都过得越来越好。

每当工作上有了成绩，账户上积蓄的数字又多了一点之后，我都会把同喜搂在怀里，告诉他我的努力换来了一些回报，告诉他可能我真的能买下我心心念念的房子了。

这些年，我和很多朋友走散了，他还在。

我和很多人吵过架，但和他没有。

那一团小小的黑色，是最令我心安的缘由。

我常跟朋友感慨："很多人说养宠物也要靠运气，幸好那天我遇到了刘同喜，幸好那天我调头了，我觉得刘同喜简直是我的守护神，我一切似乎都很顺利，肯定是因为养了他的原因！"

朋友说："是啊，所以你家刘同喜吃得好，用得好，年纪那么大了，身体还好，你们对彼此都不错。"

我爸刚说的那一段让我想起了好多。

其实他这十年也没有自己形容的那么顺。

有两次搬家，都是房东突然说子女要回国了，房子要给他们住。

然后爸爸就带着我，跟着搬家公司的车去了新的地方。

每次搬家他都会很抱歉地对我说，不好意思，以后一定让我有一个稳定的家，再也不到处乱跑了。

听他真挚的语气，我觉得他肯定可以做到的。

其实有好几年，他有一多半的时间加班超过了十二点，回来遛我的时候都凌晨了。

边遛我，还要边回同事的微信。

那时我才知道，原来他不做电视节目，改去电影事业部了。

他进电影事业部的时候什么都不懂，利用所有的闲暇时间看电影，所以我的阅片量也一下变多了。

他以为写剧本和写别的差不多，没想到完全摸不着边，写了又删，删了又写，反反复复，很颓废。

他也会抱着我说："完蛋了，我觉得自己完蛋了，好像什么事情都做不了，也没这个能力，我该怎么办？"

他说话的语气十分低落，我就会把头轻轻地靠在他的脸颊边。

有时也会伸出舌头，轻轻地舔舔他，告诉他我还在，不要怕。

很长一段时间，他灰头土脸地回家，精神抖擞地去上班，半夜又垂头丧气地回来。

看着我爸，我觉得做人真的好难。

以前为了引起爸爸的注意，我还搞些小破坏，后来发现他自顾不暇的时候，我突然就长大了。

我和他这些年都长大了，他也慢慢地不再抱怨，不再觉得自己不行。

以前写东西写到崩溃的时候，爸爸会自言自语："是不是选错行业了？"

后来再崩溃的时候，他干脆把电脑一合，抱起我问："没关系，现在灵感没来，明天就好了，不如你陪我看个电影吧。"

看他慢慢地变成了大人，我也开心。

不是会照顾别人的人才能称之为大人，懂得照顾自己情绪的人才是真的大人。

这些，二白是不会懂的吧。

我倒希望二白别懂，永远天真下去，这些是通过我和爸爸的努力才能给他的爱啊。

算了，还是不退货了吧……二白这个小王子的存在才是这个家变得更好的标志嘛。

趁我爸不注意，我看了他这本新书的稿子。

看到了他写搬房子的那篇文章。

我们现在住的这个房子，爸爸买下来后是没有钱装修的。

我们就一直在同一个小区租房子住。

每当他心情不好了，或者心情很好了，都会抱着我来看这套房子。

这套房子前主人的装修豪华，家具装潢都很隆重，其实随便收拾收拾，就可以搬进来住了，还可以节约一大笔装修费。

爸爸想了想，对我说："既然要住，就要住自己真正喜欢的，一切都是随着自己意愿的房子。不然花了所有的积蓄，还是住在别人的审美里，心里会不舒服的。而且……如果现在因为没钱装修就住进来了，以后更没有机会装修了。空着吧，就当是我们给自己的激励也好。"

我四处转，跟他摇了摇尾巴，意思是：好的，我也不喜欢这种富贵装修，最好拆了重装，那你努力打工挣钱噢。

我爸听懂了，他一把抱起我："好咧，努力挣钱。"

其实除了我挣钱，同喜和二白也为建设这个家做了不少贡献。2018年是狗年，我突然接到了一个国际服装品牌的商务邀请合作。我很谨慎地问同事，我需要配合什么。

同事很直接地告诉我："准确地说，他们不是找你合作。"

我："啥意思？"

同事："客户看到了同喜的微博，看到了同喜和二白的生活状态，觉得特别好。客户的要求是同喜和二白带着主人出镜就好。"

我："……"

然后他俩就带着我，成功地挣到了他们自己的一大笔生活费。

拍照那天，我就是一个背景板，无论我的状态多好，只要他俩有一个不行，摄影师就要求重来。拍着拍着同喜就不耐烦了，在没人注意的时候，他在我身边叹了好几口气，问我能不能回家了。我只能不停鼓励他："快结束了，别烦躁，要学爸爸，敬业一点。"

虽然我和同喜累得不行，但二白整个满场飞，到处交朋友，四处要零食，然后叼回来放在同喜面前，一条狗承担了所有交际。

我对同喜说："你看，你弟还是有点本事的，不要那么瞧不起他了。"

同喜趴在地上，吐着舌头，默认了一切。

其实从一开始，我一直觉得人是人，狗是狗，彼此是很难沟通的。

但我没想到我爸特别喜欢和我聊天。

类似于:"如果你听懂了,你就摇摇尾巴。"

"如果你也是这么想,你就叫一声。"

"你是不是特别困了,我们睡觉吧。"

其实所有他说的话,我都听得懂,但我并不会按照他说的给回应。

我知道,不是所有的狗都是我这样的,也不是所有的主人都是他那样的,如果我表现出完全听得懂的样子,我爸一定会很开心,会觉得我是世界上最好的狗。

但我不希望他觉得我是世界上最好的狗,因为,如果有一天我离开了,他会很伤心的。

也许他还会养别的狗,也许二白还会陪着他,但是他会拿一切和我比较,一旦让他失望了,他就再也离不开我了。

他应该离开我才对,我的生命比他短多了,我没有办法一直陪他到老。

可我一边希望他能永远记住我,一边又不希望他在这种回忆中走不出来。

我是不是说得有些颠三倒四?我是不是想太多了?我也希望是自己想太多了。

现在每次爸爸回家,我和二白都会迎接他。无论二白多么热情,他总是第一个抱起我。

我看他的眼神,里面分明就写着:同喜年纪大了,我要趁还能对他好的时候,对他足够好。

以前我和爸爸相处的日子都是期盼未来,不知道从什么时候开始,似乎就变成了等待结束。

幸好像我这样通人性的狗都很会调整心情,所以能活得更久一点。

现在同喜叹气的次数越来越多了。

不知道是二白惹他生气了,还是因为他年纪大了,想的事情多了。

可只要他一靠在我的身边,我们对视一眼,就感觉其实什么都不用说了。

还有什么比相互依靠着一起放空更好的?没了。

他知道我的工作、我的烦恼,他知道我面临的压力。

他会用爪子拍拍我,给我鼓励。

他见过我最幼稚的时候,他对我的犯二爱搭不理。

他舔我的时候,是给我的奖励。

他不仅是我的儿子,也是我最要好的朋友。

前几天我翻阅着他发的微博。

从我教训他的视频,到他每天犯困的自拍,拥有了新的玩具,我睡觉的样子,我和朋友发生的好笑的事情,都被他巨细靡遗地记录了下来。

看着看着,我又笑又感慨,如果不是他,我怎么会记得自己有这样的一面。

我伸手挠挠他的肚子,他伸了个懒腰,瞥了我一眼。

我:"同喜,其实你完全知道爸爸在想什么对吧?你也听得懂我在说什么对吧?"

同喜继续趴着,没有理我。

虽然他不理我,但是我知道他都听懂了,只是装听不懂罢了。

我继续说:"这辈子能遇到你真是好啊,真希望下辈子我们还能在一起。"

同喜突然从沙发上站起来,朝我汪了一句,跳下沙发走了。

我没太懂那句话的意思,但我总觉得不是什么好话。

因为二白听完同喜那句话后,也跳到我身边,不停地重复那句话。

嗯,可能过几天他想发微博的时候,我就知道意思了吧。

我爸说希望我们下辈子还在一起。

我也希望。

我就跟他说了一句:"下辈子,你做我的狗行不行?"

我怕我爸听懂了打我,就跑走了。

没想到二白跑过去一直跟我爸说这句话。

二白这没大没小的,如果刘同下辈子成了他的宠物,二白还不把他折腾死?

我挺开心的,自从我爸看完了我放在那的《生死疲劳》后,突然就觉得我们的心更近了。

我出差的时候在电子阅读器上读完了《生死疲劳》,边读边觉得同喜应该就是莫言笔下那种能和主人心灵相通的宠物。

为了证明这件事,我特意偷偷地把《生死疲劳》放在了茶几上,如果他和我想得一样,他就一定会看完这本书,他不仅会看完这本书,还会把这本书放在最显眼的地方,希望我也能明白他在想什么。

当我真的看到这本书放在最上面的时候,我就知道,他看完了,他也是爱我的,我和他之间是心灵相通的。

我想好了,如果下辈子他不能做我的狗,我做他的狗也行。

因为我相信,他对我一定会像我对他一样好的。

至于二白……跟着我俩谁都行。

Story

Chapter 05
希望你能帮我为故事写上句号

我应该是在《谁的青春不迷茫》里写过我忘记了自己的初恋。

朋友看到后很诧异:"你怎么能忘记你的初恋呢?你的初恋不是那谁谁谁吗?"

我说:"不是那谁谁谁,那谁谁谁都是你们撮合的,牵牵手,放放学,也没怎样,美好是美好,但并不懂爱。"

想了想,我说:"初恋应该是真的有被伤到的那种感觉才对。"

朋友看着我:"你好贱。"

我应该不贱吧,初恋不是大多以悲剧收场吗?

如果不是悲剧,我怎么会轻易就忘记了呢?

应该很痛,很难堪,不想在回忆里反刍伤害自己,生理保护机制就硬性把它给删除了吧。

虽然记不得伤在谁的手里,但记得应该发生在大二的某段时间。

那时的自己各方面都很青涩,在同龄人当中不打眼,也没什么特长,瘦弱且单薄,不是好的恋爱对象。

用此刻我的眼光来看,那时的我并没有做好恋爱的准备,全身上下都散发不出任何魅力。

然而实事求是地说,虽然初恋不那么美好,但不美好的只是结局,开始的时候我应该是很喜悦的。

遗忘了那么多年后，我怎么突然想起了我的初恋呢？

因为我在上海虹桥机场居然看到了那个人。

名字我就用C来代替吧。

刚才提及，大二的我毫不出众，最大的作用就是当别人约会的电灯泡。

在现实的爱情世界里，我在第一关就会被排除，轮不到可以袒露内心的环节。

那时网络开始盛行，人与人之间通过文字表达去相互了解，语音是没有的，除非通电话。照片也是没有的，除非花两块钱扫描，存入磁盘，再去可以使用磁盘的网吧发邮件。要做完这一系列的操作，也算是真爱了。

90后甚至00后的朋友听到这种描述，常会问："这样认识的人靠谱吗？什么都看不到，见面很失望怎么办？"

相反的是，今天我身边很多的夫妻当年都是网友。

原因很简单，那时上网的人少，大家都带着激动与真心，上网费也并不便宜，一旦网恋了，就会抢座包夜，每天聊通宵，恨不得把心都掏出来交给对方。经过这一系列的操作，长相在真心面前不说一文不值，起码不是最优先的考量。

多好。

不像现在，还没开始聊天，一张照片就定了生死。

划走，划走，划走，总算看到一个顺眼的，正准备点赞，但手指的习惯性动作不小心又划走了。这个人就在互联网上，在你的生命里永远消失了。

但没关系，你失落半秒之后依然笃定自己能划到一个不错的。

我和C是网友。

那时我大二，C刚参加工作。

8块钱可以在网吧过一个通宵。

虽然网速慢,但各种论坛的帖子底下,大家相互留言格外带感。

对于刚从小城市进入省会读大学的我,发现除了同学,原来网络上还有这样的天地与世界。

如果没有记错,我和C的相遇应该是在一篇讨论意识流写作的帖子底下。

具体内容我忘记了,我只依稀记得那时国内外非常流行意识流写作,写个十几页才回到主题的小说也很常见。我漫无目的地翻阅着留言,突然看到一个人写了一段话。

具体的字句是什么我忘了,对方大概是写"我最大的快乐,然而又是少有的快乐,是我此刻坐在网吧和你们讨论意识流,思考着我作为人存在的意义。而网吧烟雾弥漫,其他人看片谈爱,他们对自己一无所知,只是呆若木鸡,垂涎三尺"。

我便在底下留了一段:"今晚,我同你一样,坐在这里思考自己究竟为何物。"

没过一会儿,对方回:"你也看亨利·米勒?"

我本想回"对",又删除。

改成了"《南回归线》",又删除。

我打了一段亨利·米勒在《南回归线》里的原文:"(我)最大的快乐,然而又是少有的快乐,是一个人漫步于街头,在夜深人静时漫步街头,思考着我周围的寂静。几百万人躺在那里,对世界一无所知,只是张开大嘴,鼾声如雷。"

这便是我和C的初识。

那晚我们便聊了一个通宵,清晨时约定第二天晚上继续。

那种情绪非常微妙,在现实中你找不到任何人如此敞开心扉,表达总要字斟句酌,忧心表达失误,害怕没有逻辑,担心不够准确。而在网络上，在 C 面前，我可以随便说任何我想说的东西，完全不必顾忌旁人的看法。

往往是 C 甩出一个话题，我俩就可以一直聊下去，哪怕中间产生了新的话题，我们也是各聊各的，毫不在意顺序，常常为相互的默契而在网吧旁若无人地大笑。

C 说："和你聊天，就像在帮助我蹚出一条新的世界观。"

我刚好在打："我发现和你聊天，我根本不在意你在说什么，反而是我更了解自己了。"

C 回复："彼此彼此，相互利用而已。"

我们从未提及个人更多的信息，只是简单说了说自己的性别、年龄和身处环境。

似乎我们都想牢牢抓住彼此，不想因为更多的信息干扰到自己的判断而产生胆怯。

我和 C 就这样，一周聊三个通宵，整整聊了三个月。

又是一个清晨来临，C 突然用 OICQ（早期网络聊天软件）发来一个消息："对了，我下个月要去长沙出差，要见一面吗？"

本来有些困意的我突然清醒，看着那句话愣了半天。

"对了"看似随意，想必思考了很久。

"如果不想见也没关系，我也害怕我们会因为见面而失去了此刻的美好。"C 又打来一段文字。

我立刻回："不是。可以。我想，我们不会因为见面而失去此刻的美好。起码我能保证不会。"

"那，互相留个联系方式？"

"好。"

即使留了联系方式，我和 C 也没有通过电话。

也许我俩都在暗暗地提防一件事，害怕因为通话就打消了见面的念头。

如此想来，这一段对于我和C都是从未有过的有趣体验吧。

我们约在C下榻酒店的咖啡厅见面。

我特意收拾打扮了一番——作为一名大二生，我也没有更多体面的服装，一条干净的牛仔裤，一件白T恤打底，外加一件格子衬衣。

C曾经说不喜欢浮夸，偏爱干净。

能做到干净就是我最大的诚意。

那时我还戴眼镜，进咖啡厅之前，我特意用T恤的一角，仔仔细细地擦了好几次镜面，确保没有尘迹。

小心翼翼，是我走向新世界的惯性。

C已经在约定好的座位等我了。

我低着头走过去，坐下，不敢看C。

C笑起来，声音好听、开朗，和文字里呈现的状态是一致的。

"你怎么那么害羞？"

其实我不是害羞，我只是害怕，怕抬起了头，C看到我的相貌会很失望。

"你是怕我看到你的样子失望吗？"C问。

那时的我，应该像个舞狮少年，将自己躲在低头的动作里，摇头晃脑，想表现出活泼，又怕被看到真相。

我鼓起勇气抬起头，让C好好看我。

而我亦迎着C的目光不再退让。

C真好，大方自然，用笑声帮我清扫初次见面时碎了一地的慌张。

"坐咖啡厅不习惯？"

"主要是没怎么来过，感觉自己配不上。"我稍微恢复了一点网络上的肆无忌惮。

"哈哈哈，终于像你了。不然我还以为你换了个人来和我见面。要不，我们上楼聊？"C站起来。

上楼？我愣了半秒，应该是回房间聊。

C是有本事的，把一件难堪的事情说得极其轻松，让我也觉得理所当然。

更重要的是，C不讨厌我。我心里开始有些喜悦。

我看C径直朝电梯走去，也没买单，心想C来到我的城市，我也应该请这杯咖啡，准备叫服务员过来结账。

C回过头眼神示意我跟上。

"还没买单……"我有些尴尬。

"噢，挂在我的房账上。我刚来的时候已经说过了。"C手一扬，潇洒地转过身径直往电梯走。

我觉得自己很蠢。

进了房间，C去锁门，经过我的时候，C直接凑过来，笑眯眯的。

我和C接吻的时候，全身僵硬到不行，不知道手是应该往前放还是往后放。

这应该是我人生中第一次接吻。

C带领着我，我脑子里闪过"挺熟练"的念头，但随即又想毕竟C年纪比我大，如果C不熟练，我俩也不会聊这么久，也见不到面，我也不会站在这个房间。

这是我想要的吗？

其实我也不知道我要什么，我只知道和C认识的这段时间，我前所未有地愉悦。

所以跟着C往所有的未知处探索也未尝不可。

大概是我戴的眼镜影响了接吻，C帮我把眼镜取了放在一旁。

我睁着眼想看清楚C，无奈八百度的近视让我眼前模糊一片。

虽然我感到躁动，但我更希望接吻的时候能看清楚我接吻的对象。

我们拥吻在一起，我伸出一只手去够我的眼镜，还是想戴上。

突然C停住了，又笑起来："你是想看清楚我吗？"

我被拆穿，很尴尬地点点头。

大概是我的举动让C很扫兴，C指了一下浴室："要不，你先去冲一冲？"

实际上，我和C并没有进一步发生更多的事。

现在回想起来，大概是我的一系列举动让C感到扫兴了。

包括但不限于：我并不知道站在浴缸里冲洗的时候，浴帘的下摆应该要放在浴缸内。我放在了浴缸外，导致所有的水顺着浴帘流到了地板上，水漫金山。我也不知道需要把地垫铺在地上用来吸水。洗漱台也被我弄得湿漉漉的。咖啡厅的消费是可以挂房账的。电梯需要刷卡才能到达C的楼层。房间里的水是可以免费喝的。

和C的一切相比，我就是个原始人。

我俩面对面躺着，继续着网络上的话题，越聊越清醒，早前的暧昧荡然无存。

"我要回去上课了。"我说。

"好，路上小心。明天我请你吃饭？"C问。

"你还想再见我？"我很清楚问出这句话的我显得那么卑微。

"你在说什么呢，明天晚饭？"C没有回答我的问题。

回避其实就是答案，而可怜的我还想挣扎出一些可能性。

后面三天，我下了课就往C那边跑。

也很主动地在小径的阴暗处去牵C的手。

我们拥抱、接吻，隔着衣服感受彼此的心跳。

但就在要更进一步的时候,总是以C轻轻地拍拍我的背,暗示我"可以了"而仓皇结束。

C第二天要走了，而我要赶回去上晚自修。

我说我走了，那就下次见。

C又很惯性地笑起来:"好啊,下次再约。"

其实我早就接受了一切,而我打算让自己彻底死心。

"我是不是让你很失望?"本来打算离开的我,又停了下来。

我看着C,C看着我。

C大概也知道我是铁了心想问个清楚,所以C回答得也果断。

"也算不上失望吧,就是'哦,原来这是你'那种感觉。"

"也算不上失望,这种描述……所以我很差劲是吗?"从C的回答里我知道以后我们也不会再见了,但继续自取其辱的我到底要得到一个什么结果呢?

"哈哈,非要我说那么具体吗?"

"你说吧,我做好准备了。"

"你人挺好,不过好像不能让人产生欲望。"

"是因为我把很多事情做得很糟糕?"

"也不全是吧,你就像一个想要把一切弄清楚的小孩儿,而我又没那么多时间陪你弄清楚那么多事。"

"那为什么这几天你还一直和我待在一起?"

"你是否记得亨利·米勒有一句话是这么说的,'她吸引我的地方是她对巴尔扎克的热情',你吸引我的地方就是你对亨利·米勒的热情,我就想看看你是怎样的一个人。"

"如果那天我没拿眼镜的话,我们是不是可能会发生什么?"

"可能吧。不过你也不用想太多,就算发生了什么,其实我也只是想试试看是什么感觉和体验。"

我很想有一些结果的关系,原来在C眼里只是一个体验。

"你不会以为我们是要谈恋爱吧?"C问。

我要怎么回答呢,现在还回答"是",显得自己也太痴情了。

如果回答"当然不",其实也占不着什么尊严了。

"我和你,是第一次和人接吻。所以,对我来说蛮重要的。"

"是吗？哈哈哈。那就谢谢你信任我了。"C的表现非常随意，可我就是讨厌不起来。

我从书包里拿出一张李泉的CD。

我指着其中的一首歌《名字》告诉C："这首歌是我这周的心情，如果你有时间，你可以听一听。如果你因此了解了我，也可以告诉我。我等你的回复。"

C收下了那张专辑："好。"

我离开，上了回学校的公车，从此和C再没有联系。

其实之后一个月，我每天都去网吧登录我的OICQ，看看C是否有给我留言。

一直没有，一直没有。

后来实在忍不住了，就留言："请问你听了那首歌吗？"

大概过了一周，我收到了C的回复："不好意思，还没有。"

我把C删除了。

十几天前。

也是十几年后。

我从虹桥机场回北京，正在候机，一个熟悉的笑声在我身后经过。

我扭头一看，C和几个同事从我身后经过。

这些年也没怎么变，C还是我记忆中的那个样子，连发型都一样。

我远远地看着C神采飞扬，时不时还像当年一样发出爽朗的笑。

一瞬间，有关C的一切全部涌了上来。

第一次的拥抱，第一次的接吻，第一次的局促，第一次每天跑网吧看留言，那种贯穿全身的失落感，那种迎难而上却被浇成落汤鸡的难堪。

也想起了第一次聊通宵的兴奋，每天卡着点包夜的激动，打字飞快的那些曾经。

我萌生了一个念头,如果我现在过去打招呼,C记得住我吗?

我看了一下玻璃反射里自己的样子,着实变了很多。

那时177的我,99斤。

现在178的我,136斤。

大学毕业后,我做了激光手术,早已不戴眼镜。

常出差的我把国际连锁酒店也住到了钛金级别,知道了住酒店的种种规矩。

我再没有和人通宵聊天。

这些年,没有人和我提过亨利·米勒这个名字。

我也不会去追问那些心里已经有答案的问题。

我面对陌生人不再低头慌张,我也学会了用笑声掩饰拘谨。

我学会了让对方看不出我的喜欢,也学会了让对方很明显地知道我的失望。

有天开车,当我不小心听到了李泉的《名字》,车上还有别的同事,我把声音调大,告诉他们:"你们听听这首歌,我曾经把这首歌送给过一个人,告诉对方这首歌代表了我的心情。现在想起来真是太恶心了,如果我遇见我这样的人,应该会吐吧。"

歌词是这么唱的:

我想我是个痴心人,

得不到你是我的稚嫩。

我想我是个伤心人,

等不到你是我的缘分。

你的冰冷,我能忍。

你的残忍,我去分。

我的故事,它有了你的名字。

听到一半，几个同事也哈哈大笑，说这歌词，联想到过去的你，还真是有点酸透了啊。

是啊，太酸了。

也为过去的自己感到心酸，不配得到更多的爱，就拼命表达自己，企图获得更多的认同。

最终，我看着C登机了。

回来跟朋友提起了这次相遇。

朋友说："如果C是一个人，你会上去打招呼吗？"

我想大概会。

"你会说什么呢？"

我想了想："我大概会说，你还记得我吗？我的网名叫黑梧桐叶，很好笑对吧？不过你不记得也没关系。我们没有任何实质性的关系，也没有过名义上的交往，你别担心。但你是我第一次动心后敢说出来的那个人，在我这里，你应该算是我的初恋了吧。很抱歉大二的时候，没有做得很好，把浴室里弄得发了水灾，一塌糊涂，搅乱了你的兴致。但我真的很感谢你让我认识到了自己的短浅与无知、自大和狂妄。换作是现在的我，应该也会感到头疼。其实我很感谢你一直笑着照顾我的情绪，哪怕最后也没有伤害我的自尊心。

"现在的我变了不少，起码敢看着你微笑地说话了。我现在在北京工作，如果你以后有时间去北京，我想请你喝一杯，就像当年你请我喝的第一杯咖啡那样。对了，那时我送给你一张专辑，说里面有一首歌代表了我的心情，如果你没听过的话，我希望你再听听。也没别的意思，就是那首歌你没回应，总觉得好像故事最后那个句号还没写上，说难听也行，哈哈哈，没关系。"

Chapter 06

再见再见,
再也不见

"大不了就绝交!"

"绝交就绝交!"

幼稚的人之间总是会上演这种对话,大概的意思就是——

"别以为你对我多重要。"

"是吗?那你对我也不重要。"

那就让我们此刻失去彼此,看看谁比较痛苦。

能因为这种话而绝交的朋友,关系也不见得真的好。

起码自以为自己不会被伤害到。

最常见的结果是,总有一方会突然后悔、遗憾、踌躇,暗戳戳地想找个机会表达真心——

"其实我们还是朋友,我不该说上次那些话。"

《我在未来等你》中我写过一句:真正的好朋友就是要有敢绝交的勇气,也要有敢和好的勇气。大概就是这种情况的真实写照。

不过呢,话虽这么说。

如果我问我身边的好朋友:"我这些年给你最深刻的印象是什么?"

他们大概都会说:"你也太喜欢和人绝交了吧。"

"也不会啦,你看我们不是还没绝交吗?"我嬉皮笑脸。

"那还不是我能忍你?"朋友说。

"那就谢谢你咯。"

其实我们都知道,和一个人深交,绝非是一个字"忍",但和一个人绝交,绝对是三个字"不能忍"。

我想了想这些年我绝交的那些朋友,我和他们绝交的原因是什么。奇怪的是,我可能记不住我和他们是怎么变成好朋友的,但我一定记得最后绝交的原因是什么。甚至现在想起来,也不觉得自己和他们绝交是个错误,反而觉得是个明智的决定。

他的处事突然变得让我不认识。

我和S认识很多年了,读大学的时候我们就认识了。

那时S的工资不高,但总是会请我吃饭,哪怕后来我在北京工作了,他也会很讲义气地请我吃饭,说:"在北京你请,在湖南我请。"

我觉得S是个特别讲义气的人。

我们认识多年之后,他说他想开一家清吧,但是苦于没有资金。

我觉得S做事认真,朋友也多,如果他开一家清吧,把控好酒的品质,应该能做得不错。

我算了一笔账,按照计划,哪怕酒吧不挣钱,应该也不怎么会亏本。

最重要的是,能满足朋友的一个愿望,能改善他的生活。

于是我对他说:"好,我出钱,你来管,给你工资和股份。"

我拜托北京做酒吧的朋友,让他帮忙培训了调酒师,参与了酒单的制定,酒吧就这么热热闹闹地开了起来。

第一年,生意尚好。

有一天,朋友告诉我,他去体检了,身体不太好,要休息几个月不能工作。

身体是本钱,我说好,那酒吧就让我们别的朋友帮忙照看一下吧。

别的朋友都有本职工作,只能轮流有一搭没一搭地照看。

我们也达成了共识,酒吧就维持着吧,也不指望做更多的生意了。

时间过了三个月,城市里开了一家一模一样的酒吧,其他朋友告诉我，那家酒吧就是S开的，调酒师辞职之后也去了他那里。

我立刻明白了，他说身体不好只是一个谎话，看起来是他在管理我们的清吧时，清楚了一切流程后，就在筹备开自己的酒吧了。

其他朋友气得不行，S不仅瞒着他们，也瞒着我。

在他们看来，我们都是认识十几年的朋友了，怎么能这么干。

我没有那么生气的原因是，我特别喜欢S，我们性格也类似，只要他需要我的帮助，我一定会倾尽全力去帮助他。我心里甚至有些庆幸，我告诉自己和其他朋友，幸好酒吧的投资没那么多钱，如果再过十年我更有钱了，他需要十倍的资金，我估计以我对他的信任，应该也会投吧。如果等到那个时候S再骗我，我的晚年才惨吧。

这么一想，心情就好了很多。

就算要被信任的朋友欺骗，时间还是越早越好。

虽然我没有那么生气，但对于S，我自然也有了新的看法。

开这家酒吧，我是因为他，但他却半路退出，撂了挑子。

即使真的要撂挑子，也应该当面告诉我原因，大家把话说清楚。无论从哪个角度，我都没有办法理解他的做法。唯一的可能性就是：他太想成功了，以至于当时可以不顾任何后果。我发了信息问他为什么要这么做。

他回复我，他也不知道，没想好怎么和我说。

我说好，我们的关系就到此为止了吧。

过了大半年，我们在一个餐厅偶遇，他发信息给我："一起喝一杯吧，过去的事情就让它过去吧。我们都是成年人了。"

我回复他："当初开酒吧，我的目的就是希望你的生活能过得比之前好。你现在确实变得更好了，我觉得我的初衷达到了，只是过程不是我想象的那样。我们对事情的态度不一样，所以之后就不能再成为朋友了。但我希望你能越来越好，一直好下去，证明当初我们开酒吧的决定不是错误的。加油。"

现在时间过去好几年了,我们再没有见过。

S其实帮了我不少,此后再有朋友让我合作做生意借钱什么的,我只要想到S,就害怕再出现同样的情况。生意做不成无所谓,万一又失去了一个我喜欢的人呢?于是以此为借口全部拒绝,大家都表示理解。

其实这样的绝交也挺好的。

因为没有人能超越他在我心中的位置,所以没有人能破坏我因为他立下的原则。

对方是一个能量黑洞。

H是工作中合作过的一个伙伴。

她十分热情,想事情也周到,一来二去我们就成了不错的朋友。

她工作有什么问题都会给我打很长时间的电话,我也会帮她解答。

她知道我工作有什么问题,也会找各种人帮我打听,给我一些帮助。

我觉得H挺好的,关系也就越来越好。

当我们的关系好起来的时候,H便隔三岔五跟我说要帮我介绍一些客户和公司开展业务。

我当时在公司负责广告,所以对H的提议就非常上心。

她帮我约了客户,我很认真准备,但去了之后发现并不是这么回事。

我给她反馈:"怎么我去了之后,人家的需求完全和你说的不一样?"

她说哪个客户有什么紧急的需求,有一笔大预算,需要我尽快给她一个完整的方案,两天之内就需要。于是我就带着同事周末加班加点,交了方案给她。一直没回复,我就去找客户打听,原来人家早就定了合作方了。我问她怎么回事,她说中间人的信息并不准确,但她一直是站在我这边的。

一来二去,我突然意识到,我害怕接她的电话,害怕听到她那热情洋溢到我无法拒绝的声音,害怕自己满腔热情做完工作,最后听到她各种抱歉，自己还没有办法生气——毕竟人家是在帮我啊。

她对我来说就像是一个黑洞，本来我过得好好的，但只要是和她接近了，我的好心情立刻就被吸走了，取而代之的是焦虑和等待、失望和落空。

我很认真地对她说过："为什么每次你跟我说的事情，听起来是那么的靠谱，但这一年多过去，一件都没有成功过。如果是我的问题，那我就应该被公司开除了。如果是你的问题，你应该想一想什么原因，不要再给我介绍业务了，我也不想再接了。"

某天，她又给我发信息说："你在干什么？我有一个房地产客户想要找一家媒体公司做一个年度全案，你可以尽快帮我做一个吗？"

我看了那个信息好久，把她拉黑了。

我的心情突然就变好了。

或许我和她成为朋友是为了想真正做成几件事情，然而她和我成为朋友感觉只是为了让我给她出各种方案而已。

因为和H绝交，后来我做事都很小心谨慎，一旦有朋友想要咨询或者需要做什么，我都会把细节问得很清楚，不再像以前那样脑子一热就扑上去。

当细节问得很清楚之后，似乎就知道这件事情到底有无成功的可能性。

"不尊重他人的时间，就是在谋财害命。"

对此，我深有感触。

我希望朋友懂得尊重我的时间，我也保证去尊重朋友的时间。

因为有了这一次的经验，后来的生活里，只要有人让我不舒服了，我提出来，对方如果没有改进，我就会选择回避，不再交往联系，真的轻松了很多。

我曾要找一个演员拍戏，他的经纪人很为难地告诉我，他们接了一部戏，已经签完约了。

我也不能强人所难,就说好。

过了两个月,发现他们根本就没签约,也没拍摄那部戏。

我可以接受你告诉我,你不想和我合作,或是有别的顾虑,但是你骗我,我就觉得你真的把我当成白痴。

从此我再没有和对方联系过,也许对方更瞧不上我,但人总有涨潮退潮,先划清界限,总有一天还会在晨昏的潮汐时遇到。

不是对他期待太多,而是彼此付出不太平等。

其实也有一些绝交想起来很没必要,但喝了酒之后一上头偏偏就做了,做了就做了吧。

我和W的绝交,估计W也觉得我太莫名其妙了吧。

现在写出来,我都觉得自己有点任性了。

W开了一家酒馆,我看着它从生意寥寥到生意兴隆。

为了支持W,我办了好几次会员卡,特像那种财大气粗的暴发户。

我去的时间也少,我只是用实际行动来告诉他——你看,我很支持你的事业。

平时他需要我的帮助,我也会给他意见,包括他需要一些人脉资源,我也会帮忙介绍,在我看来,他就是比我小几岁的、很努力做事的弟弟,那我就尽力帮帮他,也不费事。

有一天,我和两个朋友去他的酒吧,酒吧里很热闹,放着节奏很强劲的电子音乐。我就给W发了几首歌:"这几首歌很好听,在酒吧放感觉会很好,你可以放一下,让我们感受一下。"

然后W就说:"不行啊,哥,等过了十二点,我再给你放。你想,如果我每个客人都让我放他们的歌,我还怎么做生意?"

他说得很有道理,就是因为他说得太有道理了,我刚好喝了一点酒,就对他说:"行,我把你当成很亲近的朋友,才让你帮忙放歌的。但你把我当成了一个普通客人,那是我想太多了,以后我就当个普通客人吧,咱们也别做朋友了。"

我很清楚自己喝了酒的样子，平时不是什么大不了的事情，一喝完酒情绪就被放得老大，什么细节都能变成原则，任何举动都代表着自尊。

我就像个傻子一样在我们共同的群里说了整件事情的前因后果，然后告诉大家，以后我就不和W成为朋友了，发完就从有W的群里都退出来了。

第二天，大家都嘲笑我，我清醒之后想到过程也蛮想嘲笑自己的。

其中一个朋友说："你都这么大了，还做这种事情真是没必要。"

我说："是啊是啊，也不知道怎么着，我就生气了，可能是我把他当成了朋友，他没有把我当朋友吧。"

朋友说："你说对了，其实这件事根本不是人家有没有放你的音乐，而是你太容易把人当朋友了，所以当别人拒绝你的时候，你才发现你们的关系并不如你想的那么牢靠。你写那些话，退群，在我看来只是在维持自己最后一点尊严的方式。"

我："……你说的好像蛮对的。"

朋友："别人都劝你和他和好，我就不劝了。你留着和他的裂痕，以后就会随时提醒你别再干这种傻事。"

哦哦哦，我明白了，和W绝交是我太幼稚了，但这种绝交恰恰是为了让我以后再也不要这么幼稚。那也挺好。

这个故事写下来，我都觉得很羞耻啊。

越喜欢的人伤害彼此越深。

人生中"绝交"这两个字开始出现是因为这位朋友，甚至写这篇文章的起因也是如此。

X大概是我人生中第一位真正意义上的朋友。

大一相识，此后的五六年不停交换人生理想，分享内心，一起结交其他好友,讨论写作、为人、工作、未来。

我不止一次对己对人说:"有一个这样的朋友真好啊。"

大学时我们一起进入电视台实习,毕业后一起进入电视行业工作,X在北京打拼,我在长沙坚守,一年后相见,毫无疏离感。我俩彻聊整夜,第二天我便做出了一起北漂的决定。

好的朋友就像爱情,你会忽视所有的不适,能待在一起,能一直待在一起,比什么都重要。

北漂后,一起租房,一起熬夜,相互知道对方的存款,见证彼此感情的消长。

喝了酒,红着脸说:"有你在真好啊。"

这样的朋友怎么会绝交了呢?

想起来大概是朋友之间,各有各的定位,从相遇那一刻开始,我们的相处方式就决定了未来的相处方式。

大一的我刚逃离生活了十八年的小城来到省会长沙,对未来感到迷惑,对人与人的交往还把握不好分寸,求知欲强烈,想抓住一切机会去证明自己。而X从中学起就优秀,成绩也好,写作也好,进入大学后也是同学们背后讨论的那个。

我们相识后,自然我成了那块海绵,X说的每句话我都记在心里——因为从未有人对我说过这些。X说的一切对我来说都是新奇的,他对事物的判断,对故事的理解,为人处世总有自己的一套逻辑,所以他说的一切、做的一切,我都觉得"真是很有道理啊",或是"他一定有自己的道理"。我就把这些都记下来,当成自己的答案。

也因为我年长一岁,所以我在和他的相处中表现也更像个兄长。

那时对兄长的概念就是——无条件包容,无条件支持,不能有情绪,人一定要好。一方面,我觉得自己在友情中能起到最大的作用就是稳定,另一方面现在想起来,就是害怕失去,于是选择吸收一切情绪。

看过我和X的相处,别的朋友说:"刘同,你对X真的跟对亲弟弟一样。"

我说是啊，我们都是独生子女，所以相互包容也是对的。

这样的包容一直从大一持续到大学毕业，直到我们共同走上社会。

我开始和人碰撞，开始用自己的眼光去审视社会，也一直坚持用文字写下些什么。

X也会看我写的东西，他也会表扬我写得不错，虽然有时只是快速看看，然后说："蛮好的。"

至于真假，我并不清楚，我只知道他比我写得好得多。

从一起北漂开始，我们的关系开始发生了一些改变。

我开始会试着和他讨论一些现象，发表自己的看法，不再只是他说而已。

我也会在朋友面前对他的决定提出一些异议，我能感觉到他的不适，但我觉得朋友之间也是需要成长和相互适应的。

事实上，现在我能想起我和X绝交的导火索只有一个。

大概是他把我只能在他面前说的话，转述给了别的朋友，造成了我和其他朋友长达几年的隔阂。我为此给别的朋友道歉，承认自己不应该说那些丧气话，但我心里告诉自己"原来那个可以无话不说，给自己100%安全感的朋友已经没有了"。

如果友谊足够深厚，没有什么能打败它。无论男人与男人之间的友谊，还是女人与女人之间的友谊，如果你足够在意它，就会倾尽全力去调整自己在其中的位置，好让大家的关系能更长久。如果你毫不在意，也许也只能解释成逢场作戏。

绝交后，我在北京便没了朋友，一个人投入工作中，也并没有把同事变成朋友的强烈意愿，一个人简简单单挺好的。经过了多年的朋友与朋友之间的妥协、拉扯，突然有了松一口气的感觉。只是X跟我说过的一些话，总是会重复地出现在我的人生选择中，觉得好像哪里都逃不过他的影子。

我跟人说起这种感觉，对方说："你是不是爱上人家了？"

我？？？

在青春成长期，因为过于在意而扎根太深，是时候要拔出来了。

我永远都不会忘记一个场景。

X曾很认真地对我说："电线杆钢索和水泥杆形成的三角形底下是不能走的，不然人会有厄运。"这句话我记得特别清楚，以至于很多年后我也极其敏感，看见了电线杆会远远地绕开那个三角区域。有人笑话我迷信，我也笑笑，不知道原因。

后来和X断了联系后，整个人总觉得哪里不对劲，似乎喘不过气来。

一天，北京突然下起了暴雨，我往家里狂奔。跑着跑着，我突然发现面前就是电线杆钢索形成的一个三角形，我下意识要绕开它。可就在我决定要绕开的时候，突然脑子里响起一个声音说：冲过去吧。

我没停留，眼睛一闭，冲了过去。

冲过去那一刻，我突然感觉自己的世界里有一块透明的玻璃碎了，新鲜的空气涌进了自己的世界。

我整个人突然就醒了。我站在大雨里，有种想大喊的冲动。我似乎挣脱了某种束缚，我从人与人固定的关系中走出来了。

此后多年，我和X再无联系。

我们见证了彼此的青涩、改变、成长，我们并没有像当年一群人许的愿望那样，一直在一起。我们走在半路，选择了各自前行。

很多年后的一天，我打开微博，看到有朋友帮他转发了他的新项目。

那一刻我也特别想帮他转发，写上一段什么话。

想了很久，还是放弃了，我现在这样挺好的，我害怕重新回到那样的关系中。

我也听闻他在三十九岁那年对我们共同的朋友说："我和刘同是那么好的朋友，最好的朋友，因为办了一件傻事，就这么失去了。很遗憾。"

一眨眼，时间就过去了十几年，听到这些时，心里很感慨。

虽然时间回不去了，但我们都清楚对方于自己的人生意味着什么。

其实在写这一大段回忆的时候，我不止一次觉得"天啊，我怎么那么幼稚啊，这种事情有什么可写啊"。

可咬着牙写完后，又觉得"真好啊，终于把这些写出来了"。

但凡花过时间的，都有感情。但凡投入过感情的，都值得被记录。

那年许过的承诺是真的，那年做不成朋友也是真的。此刻觉得遇见那个朋友真好是真的，此刻觉得哪怕不联系但彼此还给对方留个位置很好也是真的。

诚然，以我这种不怎么讨喜的性格，我相信也一定有人早就把我拉黑了，只是我自己没有发觉而已。被绝交和主动绝交都挺好的，都代表了"我不想你继续伤害我"。

突然想起来，上个月，我问我爸："咦，以前有个叔叔很喜欢和你一起玩儿，现在怎么没见到他了？"

我爸淡淡地说："我们绝交了。"

我大笑起来，我爸都七十了，那个叔叔也五十好几了，真的好幼稚啊。

我就问我爸咋了。

我爸说："他要做生意，就问我借钱，我说借不了那么多，只能借两万，他觉得我不讲义气，就不联系我了。不联系就不联系嘛，我年纪都那么大了，钱当然要留着自己用！"

那一刻，我突然知道了自己会那么容易就和人绝交的原因，原来都是随我爸……

Wish You Well

Chapter 07

你好就好

写这本书的日子就像回到了大学刚写作那会儿，一年之中写了很多东西，但写着写着总觉得有哪里不对，但又不明白具体原因，索性就告诉自己别管了，先继续写下去再说。

就像在水泥路上发现的细微裂痕，你跟着一路看下去，自然就能看出更大的裂缝了。

如果一开始练习写作常见的裂缝是"叙述的角度没选对"，那此刻的写作裂痕就是"为什么写起来不舒服"。

无论是乘车、睡觉，还是和某个人相处，如果一开始便得出了"不舒服"的感觉，继续忍下去，十有八九最后还是会因为自己无法忍受而彻底爆发。

因为已经足够了解自己的秉性，当这种"不舒服"越发明显时，就会直接把几万字的东西全选，然后删除。

二十出头的时候会觉得心疼，现在不会了。

大概从几年前开始，已经不拘泥于某句话、某段文字的精彩，而更在意某个感受、某个想法的有趣。所以无论怎么删除，有趣的东西都会像一团灵魂般存在，它会附着在任何文字里。无论你用怎样的文字组合，它都能冒出头来。

随着年纪渐长，对很多事物的认知也推翻重建，倒不是否认了过往，而是开辟出了更广阔的视野，可以走过去对年轻的自己说："多年后我看到的东西可是和你现在的感觉不一样哦，因为你没有看到一些有趣的事物，但等你过了某个年纪自然就会看到了。"

三十八岁的时候，朋友问我："刘同，你现在觉得自己做得最好的地方是什么？"

我说："凡事我都尽量做到三个字，想得开。想，就是能思考；得，就是有收获；开，就是会开心。做到这三个字，很多事就不是事了。"

或许别人会给你贴很多标签，但你给自己贴的标签是什么很重要——这意味着你想成为一个怎样的人。

最近和高中男同桌深聊了一次。

他大学毕业就投身于公务员系统，参加很多考试，几乎每次都能以第一名的成绩考入他想进入的系统，从公安到广电到人大，自学通过了司法考试，拿到了律师证，年纪不大也被委以重任，业余喜欢篮球喜欢书法……他在家乡这座城市过得不知疲惫，风风火火。

很多人羡慕他，觉得在这样一个系统里，他能一直去做自己喜欢又擅长的事。

而他在聊天时告诉我，这些年他很努力去追逐一些让自己踏实的东西，却常在各种上级任命中周旋。他有时候不太明白到底人生是自己把握的，还是被别人把握的。一直如自己所愿还好，最怕几年被命运摆弄一次，过几年又被命运摆弄一次。自己年纪也不小了，他想着是不是要真的从那个系统里跳出来，去做一些只要自己努力就能把控自己命运的事。

越来越多的年轻人想考公务员，觉得踏实。

越来越多在系统里待久的人想出来，觉得自由。

没有错误的选择，关键是你是否觉得舒服。

我的人生很大程度上算是舒服的（除了创作时的痛苦纠结）。

在一家市场化的公司最大的好处是，无须看人脸色去做自己不喜欢的事，把专业范畴内的事情给干好了，心安理得地接受公司每个月发的薪水，开每周晨会时别迟到，需要发言时认真说自己的看法，和同事们探讨几个来回，交换一下意见，更新一下对某件事情的理解。

有时开着车，就会突然告诉自己：噢，原来我的人生已经变成这样了。

"我想过怎样的人生，我能成为什么样的人？"

这个问题大概是每个人懂事初始就会问自己的问题。这个问题的答案每年都在更替，我依然不清楚自己是怎样的人。我知道自己诸多的原则和解决问题的逻辑，然而这个世界有太多的事情我未曾经历，一旦真的遇见那些事，我的表现又是怎样，是我所以为的那个我吗？

奇怪的是，现在翻开十八岁时写的日记，上面赫然写着："我要和自己成为好朋友，这样我才能告诉自己很多心里的秘密，我才知道我是谁。"

我还写着："有些话不敢告诉任何人，甚至不敢写在日记里，我怕自己是异类，怕被人觉得是个变态，我该怎么办？这样的日子还要维持多久呢？"

每个人的青春里，总有一些属于自己的秘密，有些随着内心的强大而消解，有些则一直像阴影一样晾在原地。现在看起来，当时的我能把那些文字写下来，就是在向自己求助了。

坦诚于内心，不压抑自己，自己帮自己熬过去。

好在我是幸运的，高二高三的时候意识到——必须通过学习这种唯一的方法去往更大的世界，接触更多的人，也许就能找到让自己安心的答案。

我那时很多想法都与周围的人不一样，这让我觉得自己是异类。

不敢拿出来聊，更不敢跟人探讨，我知道自己很不一样，反而必须要表现出和大家一样——其实长大了之后，遇见了好多人，大家的选择也依然如此，与年龄并无关系。

就像我那位男同桌，在别人看来那么优秀了，他依然在选择与别人最大的共同点生存着，而不敢表达出真实的自我。

因为内心的苦闷，十七岁之前，我的成绩就没好过，上课从来做不到认真，也并不想研究什么知识，学习对我来说更像是打发时间、交朋友的唯一方法而已。随随便便学，随随便便考，成绩也总在中等偏下，也很自信不至于垫底。

我对成绩好没有奢求，待在一个别人看不见的地方，觉得安全。

请家教也好，参加补习班也好，我都提不起兴趣。

我也曾觉得自己重要，但我没有能力让自己变得不同。

所以干脆放弃重视自己这件事，能成为一个百搭的人也不错。

十七岁前我的人生大概就这么兜兜转转，我父母对我也有苦难言。

教育孩子真的难。

他们不会问，我也不会说。

就算他们问了，我也说不出口，信任他们是一回事，不突兀地表达自己是另一回事。

如果换成我做父母，大概会注意到更多的细节，说一些话让年少的我觉得袒露内心不是软弱的行为，让年少的我不必担心自己的某些想法是异类的表现。

好在，过了十几年，当我见了更大的世界，更了解自己之后，也更在意我和父母的关系之后，我会坐下来和他俩聊曾经的自己，从小到大的纠结，将自己的所思所想一一表露。

有些朋友惊讶于我和父母的关系如此亲近，他们和父母的亲密早就在进入大学之时停滞了，此后的交往不过是亲人间的正常互动而已。他们希望自己和父母的关系能得以改善，却在一两次的互不理解中放弃沟通。

那是二十八岁某个凌晨的三点。

我和父母因为成家这件事已经对抗了一整年。

以前的我,几乎每天都会和父母通电话,当被不停催促之后,我开始对他们有了抗拒,然后抵触,二十八岁那一年我几乎没有和他们联系过。

终于放假回家,我在外面待到三点才回。

我妈还在客厅等我,我问:"你怎么还没睡?"

我妈说,她感觉我情绪很不好,问我到底是哪里出了问题。

这是那么多年以来,我妈第一次主动关心我的情绪。以前他们总是要求我成绩变好,要求我去参加学习班,要求我必须学医,要求我必须回老家工作。

本来我想说:"没事,你去睡吧。"

但想了想,如果再不说,以后就不会有机会说了,我们都把自己封闭起来,母子的关系也就止步了。

我对我妈说:"妈,我告诉你们我的真实想法,目的并不是要说服你们,而是我觉得作为最亲的人,你们有必要知道我内心的想法。不然未来有一天你和我爸走了,你们才知道真正的我,那时就算是你们说你们明白了、懂了,我也听不到了,这才是父母与子女之间最大的遗憾。"

那晚我和我妈聊到了清晨。

她了解到我对很多事情的看法,明白了我很多选择的前因后果,也知道了我对未来的规划。

她说她和爸爸对我最大的担心,是怕我照顾不好自己,所以才有这样或那样的安排。他们以为我的不开心只是口头说说而已,就像我说我不喜欢吃鱼腥草,但为了他们忍忍也行。

可我能看见的人生多数都是在他们的规划中度过的。

他们怕我考不上大学，就帮我报了成人高考，考医学。

我遵循他们的想法备考，参加，通过了。

但幸好，我考上了大学。

他们担心我工作不好，逼我回老家单位工作。

我遵循他们的想法备考，参加，通过了。

但幸好，我努力考的湖南电视台也通过了，留在了长沙。

他们每一步都是"为我好"，我也知道他们是"为我好"，但他们并不知道我想要过的人生是怎样的，他们只觉得我需要过安全的人生。

见到的世界多了之后，我也慢慢成了"知道自己怎样才能好，也能为自己好"的人。

我不需要别人告诉我"这样是为了你好"。

嗯，"为你好"不如"你好就好"。

那晚我很认真地告诉我妈："我能过好自己的人生，我也能照顾好你们的人生，我有自己的选择，我为自己的选择负责，我不怕告诉你真实的我，因为我是你的儿子，我的命也是你们给的。你们理解不理解很重要，但我告知你们真实的我更重要。"

我妈问了我很多问题，我都一一解答给她听。

我告诉她所有的担心都不需要担心，她所有的疑虑都能得到解答。

我能对自己负责，并不是一句空话，她看到了我为此付出的所有。

最后我妈说："你好就好。"

然后这些年就这么过来了，现在我们的关系和我们在一起的时光比之前愉快多了。

许多朋友都问我："为啥你每天都那么开心？"

我说因为我和父母关系变好了，他们也不给我压力，我发现人生里能把自己和父母的关系处好，真的能让人轻松很多。

当有朋友继续询问细节的时候，我就会把我和我妈的沟通跟他们说一遍。

大家就会很羡慕我有一个这样的妈妈。

然后他们就会继续问:"那你爸呢?扮演什么样的角色?"

我爸?我应该认真地写一写我爸。

Come to Your Side

披星戴月来见你

Chapter 08

我很少写爸爸。

大概是从小到大,都是妈妈在我耳边唠叨,忙个不停,在记忆里留下好多身影残像,随便写哪个都可以洋洋洒洒写上好几千字。

而爸爸几乎是在写妈妈的时候,顺便带出来的一个配角。

妈妈为什么会变成这样啊?是因为爸爸那样。

妈妈为什么要这么做啊?是因为爸爸一直的习惯。

以前我以为妈妈是我和爸爸之间沟通的桥梁,我和爸爸所有的信息交流都是通过妈妈传递的,人生重大的决定都是先和妈妈说,再让妈妈和爸爸说,打了预防针后,再三个人一起说。

一旦爸爸表现出不快,我就站起来:"我就说了吧,不跟我爸说就是对的!"

每次都这样,越发觉得对爸爸有些不公平。

这分明就是在逼他妥协嘛。

但也侧面说明了,妈妈对我和我爸关系的重要性。

从我求学的事情上就可以看出来。

无论是初中、高中还是大学,我爸的意思都是那种"哎呀,能读哪里就读哪里吧,反正他就是这个样子"。

我妈一听就很气:"这不是我一个人的儿子,这也是你儿子,你怎么可以那么随便!"

我爸就会说:"我小时候还不是一个人出来闯的,都是靠自己,什么环境都没关系的,他厉害就自然会厉害了,不厉害你把他送到了中南海都没有用啊。"

我妈更气了,一边气一边抹眼泪:"你送啊你送啊,你送到中南海给我看看啊!"

我在旁边感到莫名其妙,这有什么好吵的呢?

我既不对未来感到担心,也不为自己感到羞愧——我去哪儿都行,反正去哪儿我都不行。

之前的文章里说过,我好几次升学择校我妈都交了不菲的费用。

我大学选择读中文系,我妈也是冒着和我爸作对的风险帮我做了决定。

我到北京工作几年后,我爸觉得不应该把家里的存款掏空帮我在北京交房子的首付,他觉得老家给我留一套房子就够了,还是那个意思——父母的义务就是养大孩子,不是让孩子过得无忧无虑。我妈死活不同意,把家里各种存款给我取了出来,凑了首付。

可想而知,虽然我和妈妈日常摩擦超多,但我牢牢谨记——在我人生的各种重大转折上,我妈的决定都是向着我的,且事后证明是对的。

那爸爸到底在我的生活中扮演的是什么角色呢?

我和爸爸真正走近是我三十岁那年。

一句话概括就是,那年我参加了一个访谈节目,爸爸在节目上委屈地哭了。我才知道他希望我能在他看得见的地方生活,不是为了控制我,而是怕我过得不好,想力所能及地照顾我。

那之前,我看见爸爸都是能躲就躲,也不想聊天,好像谈任何事情都能吵起来。

那次之后,爸爸的样子才在心中明晰起来。

噢,原来他是那个样子的。

虽然我是三十岁之后,才慢慢开始了解爸爸的,但我也觉得不晚,因为那时的我才开始能理解他很多做事的逻辑。

我以为我只要弥补错过的那些年的爸爸就行。

万万没想到,当我和我爸像朋友一样相处后,我不仅要弥补那些年错过的他,我还要跟上当下的他那纷繁复杂的步伐。因为我爸做的好多事都超乎我的想象,以至于有时看到他的所作所为,我都会冒出"啊?这也可以"的念头。

我爸不论是交际、想法、做派、喝酒,全都比我潇洒。

我很多朋友接触过我爸后,都摇摇头对我说:"你啊,根本就不如你爸啊。"

没关系,没关系,我也挺开心的。

尤其是现在我爸天天刷新我对他的认知,也是一种蛮奇妙的体验。

三十二岁那年,我拿出全部积蓄给爸妈在老家换了一个带后院的屋子。

我对我爸说:"那个后院虽然不大,但可以找个园林公司规划一下,哪里种什么植物,分布排列一下,春夏秋冬都会心旷神怡。"

我爸说:"别找人了,我自己弄。"

我:"你会吗?"

我爸:"这有什么不会的。"

过了几个月我再回家,发现院子里布满了一小丛一小丛、一小蔸一小蔸的植物,还有很多地方只插了几根树枝。

我问我爸:这些能活吗?

我爸说可以的可以的,绝对没问题。

等又过了一年,到了春天。

院子里各种绿色炸锅了。

各种植物交织生长、毫无章法,一个下脚的地方都没有。

放眼望去,根本就不像是在自家的后院里,更像独身处在荒郊野岭一隅。

我站在后院才三秒,就感觉全身的热血一涌上头,快晕倒了。

那是一种心里充满期待又立刻被失望击败、努力过后又倍感委屈的感觉。

我那么认真地希望父母居住环境能好一些,所以才倾尽所有买了一个这样的房子。

我那么认真地给我爸意见,希望给他修葺出一个四季如画的花园。就算我做不到百花争艳长林丰草纷红骇绿苍翠欲滴,起码也能搞出个花团锦簇春意盎然吧!

没想到眼前一片狼藉,荒腔走板。

我哭丧着问我爸:"爸,你这种的都是些什么啊,全是杂草,乌七八糟的。"

我爸反问我:"杂草?你知道这都是些啥吗?"

我:"我怎么会知道!我只知道太难看了!能不能全部清理掉,我给你搞些木绣球、粉蔷薇,哪怕打一些桩种紫藤也好啊。"

我爸对我招招手:"我带你认一下它们,长长见识。"

我跟着我爸站在院子中央,他开始介绍各种植物。

这些植物在我看来都长得一个样,但从我爸嘴里就变成了:"这是紫花地丁,那是八棱麻,这个芋头你没见过?这是薄荷啊,这个是野菊花,这是石榴,这个是桃花,这个小的栀子花,这是香椿啊。这个是玉兰,这是艾叶,这个是山茶,这是柚子,那是红叶石楠,这个是黄花菜,这个是大丽菊,这是杜鹃花,这个是景天三七。睡莲旁边是紫珠,上面是虎耳草,这个是月结籽,这个是猕猴桃,芭蕉啊,那个是水蜡烛,这是木瓜,那个是兰花,葡萄啊。桂花你认识。紫藤我种了。那个是无花果,我们吃的丝瓜,这是拳瓜,紫苏啊,那个是荷花,这个是樱花,这是蜜橘,那个是三角梅,这是黄精,还有海棠,苔藓你不认识吗……"

我爸一直说着,我脑子已经糊涂了,如果没记错的话,我爸在一个几十平方米的院子里种了不下五十种植物。

很多都是他从野外山里路边采来的，慢慢地就长了很多出来。

虽然这么问显得我很无知，但我确实也不太明白我爸把这么多植物种在一起是为了啥？

我爸眉头一皱："都是草药啊！都很有用的！"

我："为什么自家院子里要种那么多草药！！！你是在预防世界末日吗？"

我爸摇摇头："你不懂！很有用的。"

于是，这一次交锋以"你不懂！很有用的"作为结尾结束了。

虽然我爸并没有完全说服我，但他的自信让我觉得他好像真的在为世界末日做啥子准备似的。

直到某一天（我刚好在老家拍摄电视剧），剧组的一位演员屁股上长了一个巨大的火疖子，痛到不行，一碰就哇哇叫。

到了不做手术清创就熬不下去的程度了。

但如果一做手术，就拍不了任何戏了。

我就给我爸打了一个电话："爸，怎么办？同事火疖子痛到不行了，完全不能坐了，除了做手术还有什么方法可以缓解一下吗？"

我爸缓缓地说："做什么手术啊，你现在回家来，我给你扯一些桃叶，你让他放到嘴里用唾沫嚼烂，敷在疖子上，一晚上就好了。"

我："……开不得玩笑。"

我爸："说了你又不信。"

我将信将疑地拿塑料袋扯了半袋子桃叶给同事，很尴尬地告诉他如何使用，边说边给我爸找退路："我爸说这样可以稍微缓解一点，但还是需要做手术的。"

演员拿过袋子，脸上写着"只要能好，你给我一棵桃树，我现在都可以全部吃掉"的决绝。

"别吞下去了，嚼了，敷患处……如果不行，再去医院。"

临走前，我再三交代。

第二天一早，演员给我打电话。

"咋了，要去医院了吗？"

"不是！！！一觉醒来就不痛了！消脓了！太神奇了！我还要一整袋桃叶！"

我整个人呆住，甚至有些感动，我感觉我爸拿了一个男一号的剧本，就是那种神医流落民间终于被皇上发现的情节。

但因为这事并不是我的亲身经历，所以我也只是些许开心而已。

今年年前，我不小心摔到沟里了，脚踝韧带撕裂，肿得老大，在医院开了各种中药，又在床上躺了半个月，出门工作还必须挂拐。

我心想着赶紧在过年前康复，回家的时候不会让家里人太担心。

等到在剧组过完除夕夜，第二天我打算回一趟家，右腿虽然能下地了，但还是隐隐作痛。

我心一横，把拐杖给扔了，咬着牙一瘸一瘸地回家了。

等我回到家的时候，我的右脚又肿了，我不得不临时又买了一根拐……

我爸看着我龇牙咧嘴的，毫不在意："没事啦，今天大年初一，我就不给你换药了，大年初二我再给你搞服草药咯。"

然后我爸一直劝我陪他喝酒，说喝白酒可以活血化瘀……我信他个鬼啊。

不过喝了几杯白酒之后，整个人就晕晕乎乎了，真的感觉不怎么痛了。

第二天一早醒来，我爸就已经把草药给我准备好了。

一碗绿糊糊的、散发着刺鼻味道的草药。

"这是啥东西？"

"院子里采的八棱麻，我用油稍微加热了一下，把药性散出来。"

爸爸一边说，一边用纱布和绷带帮我包扎。

我想起小时候，一发烧，就是妈妈用幼儿针头帮我扎针推葡萄糖水，然后给我讲故事哄我睡觉，等我醒来，我妈还在帮我推葡萄糖。

没想到现在我都这么大个人了，轮到我爸给我包扎了。

我爸帮我包扎完毕，又给我脚上套了一个垃圾袋，说这样里面的药汁不会沾到袜子上，也不会散发出味道。

我将信将疑，没想到敷了一整天之后，脚真的就不肿了，也不痛了。

我爸连着帮我敷了三天，看了一下我的状况就说差不多了，休息两天就行了。

"爸！你也太厉害了吧！怎么懂那么多？"

"你忘记你拍电视剧的时候，我不是还教你的演员如何在山上认草药吗？！"

我突然想起来，那时有一集剧情是男主角需要带好朋友上山，边走路边给大家介绍各种中草药。

我就提前一天带着爸爸进了山，告诉他我们要拍摄的那条小路，我爸走了不到二十米，就告诉了我十几种草药。

那是路边荆，治感冒很有疗效。

旁边是艾叶，驱虫解毒的。

这是乌药，利气打屁止痛的。

那个是葛根，花可以解酒。

那个好看的是菝葜，祛风利湿，解毒消肿的。

哦，这里还有梽木，消炎止血的。

说着，我爸亮出了他的一节手指，有明显的刀疤，他得意地说："看，小时候我砍竹子，差点砍断了自己的手指，就是敷这个敷好的。"

同事们在旁边记录，啧啧称赞。

他们说："同哥，你爸好厉害，你咋一点都没学到呢？"

我心虚："学不懂，学不会，没能力。"

以前我并不觉得学医有什么了不起，现在越发觉得幸好自己没学医，不然真的会把我爸的脸丢光。

回剧组的前两天，我问我爸："你不是外科医生吗？怎么会知道那么多奇怪的草药偏方？"

其实我很少问我爸一些他人生的问题，他也基本不说。

但随着我和爸爸的关系越来越近之后，我会发现原来很多事情我会那么去处理，完全是随了爸爸的性格。

只是更多时候，爸爸身上有很多优点，我却完全不知道它们都是怎么来的。

以前，因为我抗拒学医，所以连着我爸所有和医学相关的知识和经历我都不想了解，以至于我对我爸的了解也只有小时候他和朋友的相处，以及他用大自行车载着我到处去玩的记忆。

我对爸爸的了解只有我能看到的部分，但并不知道他一路走来的过程。

我知道他十六岁开始在医院的中药房当学徒配药，但不知道后来又怎么去学了西医。

我知道他曾经去上海瑞金医院临床进修了两年，但为什么会派他进修我不知道，他进修得好不好我也不知道。

我知道他在医院当上了外科主任，知道他后来在医学院当教授教临床医学，退休后去援疆，回来后又返聘回医院，每周坐四天的门诊。但他这一路是怎么走的，为什么要这么做选择我也不知道。

他明明是我爸，但我却一点都不了解。

他觉得把我生下来养活就够了。

奇怪的是我也这么觉得，他是我爸就够了，我干吗要那么了解他呢？

所以我也从不跟他说自己的事情，常年一个人在自己的人生旅途上摸索着，这一步要做什么，下一步呢？去哪里？

当我希望我和他更亲近一点时,我问他,退休后为什么不好好休息,要去援疆呢?

他说他以前就答应过那边的同事们,说自己退休了一定会去。他也喜欢。

我又问他:为什么退休了还要坐门诊?

他说他只是熬到可以不工作也能领退休金的资格,但不代表他没有工作能力,也不代表他不想工作了。

我爸在很多问题上比我以为的想得更通透。

我四十岁那年,有些惆怅,觉得自己怎么突然就长这么大了呢?

我爸说:"只要我没死,你就永远是小孩子。"

我在他面前真的就是个孩子。

现在的他会带着我去参加他朋友和老乡们的聚会,让我在旁边斟酒装乖买单。

他也会出差到北京再告诉我,发现我不在北京,会要求我帮他约几个朋友带他吃饭。

我也常会在剧本提及医学问题的时候,直接撂个电话给他,问他各种医学相关的蠢问题。

诸如"什么病得了会失忆,但又不会那么快死?"

"什么病已经病入膏肓了,表面上却看不出来?"

"心脏病晚期是什么表现?什么时候就必须要做换心脏手术了?"

"癌症有什么好的治疗方法吗?心情好是否真的有助于恢复?"

我问的问题非常外行,可爸爸也总是很耐心地回答。

我是什么时候开始和我爸无话不谈的呢?

我想大概是早几年,我和他因为某件事价值观不符,在客厅吵了起来。

但谁都不愿意先离开,谁离开就证明谁怂了。

我和我爸就这么坐在客厅里假装看电视，各自肚子里都憋着一股子火。

突然我听到客厅里发出了一声奇怪的"咯嘣"。

我四下观察，想辨别出是什么声音，然后就没动静了。

余光瞟到我爸，我爸正襟危坐，仿佛一切都很正常。

我思索了半天，又瞄了一眼我爸，突然意识到了什么——我爸因为生闷气，咬牙切齿，就把他的一颗假牙给咬掉了，但又害怕被我发现，就默默地含在嘴里。

想到这一点，我就绷不住了，立刻朝我爸扑过去，双手一拍他的脸："来，你输了，把假牙给我吐出来。"

我爸整个脸红彤彤的，躲不过去了，只得把假牙给吐出来。

然后我立刻带他出门补牙去了。

一路上，我都在嘲笑我爸，我爸就窘着一张脸，大概从我双手拍他脸的那一刻，我和他就像朋友而不再像父子了。

"你为什么会知道那么多中药的偏方呢？"

我爸抿了一小口酒回答我："我是工作之后好多年才上大学的，之前没学过医，也不怎么看得懂书，所以就只能跟在各种老医生后面学。他们也不一定会教，但是只要他们需要我做事，我什么都做。通下水道、修电路这些我倒是很拿手。一来二去，他们就觉得我这个人还蛮能吃苦的，又爱学习，就有事没事教我一下，我就都拿笔记下来。有些偏方，没有经过科学验证，而且老医生也都不外传，只是老医生觉得我很亲，所以在走之前觉得应该给我留一点东西，就教给我了。"

"那为什么你又能读大学呢？"

"我在单位工作很努力的，什么事情都做，不仅自学医书，还自学电路图，所以我一边学当医生，一边还是整个医院的电工。我那时还是基干民兵的队长，射击比赛也是第一名。因为各方面表现蛮好，那时全国都在推荐优秀的工农兵上大学，单位就推荐我去了。"

"学得好吗？"

"学得好啊，所以回来之后单位又立刻推荐我去瑞金医院进修了。你不是小时候有两个暑假都是在上海过的吗，你忘啦？"

"那你在瑞金医院学到了什么吗？"

"学到了很多啊，我回来后有一阵被误诊成白血病，高烧不退，你妈每天哭。后来才知道那是放射病，因为我在瑞金医院的时候为了猛学放射技术，虽然一周只去X光科值班两次，但每次都抢着帮师傅做X光，一天可以做好几十个。次数多了，那个防辐射的衣服也没什么用了，身上的白细胞都被杀得差不多，一回来就倒下了。"

这些问题都很简单、幼稚，不应该是我问我爸的问题。

进入传媒行业后，我制作了好多访谈节目，我对任何嘉宾的提问都比以上的提问更饱满、更得体。我了解那些嘉宾甚于我爸，我和他们谈笑风生，聊着他们的童年、家常、往事，就好像是他们人生的共同亲历者一样。

而面对我爸，我却像个提问水平低劣的主持人。

"怎么做到的？""心情好吗？""经历了什么？""怎么想的？"

提那些问题的时候，我自己都很羞愧。

但如果不这么问，我也不知道该如何开口才能更了解他一点。

其实我对父母都有这样的愧疚，说是世界上最亲的人，却不知道他们这一路是如何披星戴月赶来的。

但好在，他们身体健康，依然潇洒，而我真的已经长大，已经懂得如何与他们待在一起更快乐了。他们在我面前也不再摆出父母的姿态，也让我更了解真实的他们了。

比如我爸看我装修完房子没什么积蓄了，就对我说："你不用给我零花钱啦。我的钱根本用不完，本来想打牌输一点的，但总是在赢，没办法。"

比如我爸穿着那件很大的羽绒衣说:"你给我搞的这个张艺谋冬奥会穿的羽绒服很潇洒,以前我去医院上班都懒得挤公车,自从有了这件衣服之后,我都不需要你妈妈开车送我了。天天穿给别人看。"

比如我爸有一天主动打来电话,我立刻接起。

我爸在电话里一直说:"喂喂喂,听得到吗?"

我说:"我能听到,你能听到我说话吗?"

我爸一直"喂喂喂",过了几秒,他就说:"我的电话有问题,听不到别人说话,但别人可以听到我说话,你可以听到我说话对吧,我没什么别的事,就是告诉你我的手机坏了,你给我寄一个新的回来吧。"

我:"……"

这就是我爸。

Next Life

Chapter 09

换一种方式
继续生活在一起

最近这些年,我和几个好朋友会一起带着父母出去旅行,年年如此,乐此不疲。

我们开心,父母也成了朋友,他们也开心。

去年我们一起去了海南。

最后一个晚上,大家围坐在海边,躺在椅子上喝酒。

十几号人,在海风的吹拂中,格外温馨。

突然达达的爸爸感慨了一句:"等二十年后,我不在了,也希望你们这些好朋友能一直在一起啊。"

达达爸爸说完这句话,整个场子顿时尴尬。

果然达达的妈妈生气了,开始批评达达爸:"你怎么回事噢,大家开开心心的,你说什么死不死的,多不吉利啊。"

达达爸爸很尴尬啊。

我因为喝了酒,整个人的感受也莫名其妙了不少。

然后我接着达达爸爸的话说:"达达爸爸,不可能的啦,二十年后你肯定还在啦,但是五十年后我估计爸爸妈妈们都不在了吧。不过那时,你们也放心咯,我们这些朋友还是会聚的,我们都会带着各自爸妈的骨灰一起出来玩。"

我本想救一下达达爸爸的,没想到场子瞬间冰冻住了。

我只能硬着头皮继续,我的手往旁边的台阶上一指:"到时爸爸妈妈们的骨灰就都放在那儿，放一排，别人肯定会吓到，所以我们要给你们换好看的盒子放骨灰才行。"

我妈立刻跳出来大声说："你在说什么鬼啊，什么骨灰不骨灰啊，你喝多了吧！"

我妈拼命拦住我的姿势，就跟女排打世界杯似的。

好朋友们眼看不对，赶紧一起胡诌。

Will说："对，如果谁过生日，我们就把谁的骨灰放在那个彩球里，过了12点，啪，骨灰就从球里炸出来，特别喜庆。结束了，我们再收集起来就好了。"

"但是……骨灰都一个颜色，万一分不出来谁是谁的怎么办？"我煞有介事地问。

"那就给爸妈的骨灰染色，喜欢红色就染成红色，喜欢蓝色就染成蓝色。妈，你喜欢什么颜色？"我转过头问妈妈。

刚刚还在骂我说话不吉利的妈妈被问到这个问题，立刻陷入了深思，然后说："你给我染成粉红色吧，我喜欢粉红色。"

然后爸爸妈妈们开始给自己的骨灰选起了颜色。

如果当场有外人在，一定会被我们这些奇怪的对话吓一跳。

但无论是当时，还是现在我写下来，我都觉得有一种莫名的幸福感。

这种幸福来自我们可以和父母用有趣的方式来对待死亡这个话题，作为他们的子女，觉得幸福。

从海南回来，一天我和爸爸也在喝酒（我爸很喜欢喝酒就对了，只要看见我，就让我陪喝酒）。喝着喝着，我和他就聊起来，如果有一天他走了，骨灰我该怎么处理，才能显得我们更亲密。

桌上其他的人都听傻了。

我说："爸，我想了一下，分四个部分吧。你一半的骨灰我埋在院子里的那棵大树下面,这样你就可以长在树里继续为我们遮风挡雨。还有一些,我带回北京,埋在北京家里的植物盆里,你可以每天看着我。剩下的我搞一些带在身上,装在一个地方,可以带着你到处出去看看。最后一份就留在家里,好好休息。你觉得我这种安排妥当不?"

我爸嘿嘿一笑:"最好分五份,还有一份你帮我埋在老家,我要埋在爷爷奶奶旁边。"

大家根本不知道怎么加入我和我爸的聊天,大概觉得这对父子喝了酒疯了吧。

我妈依然生气地看着我和我爸,大概的意思是:"你们是不是疯掉了,怎么好好的,又说起了这些事情?"

我爸对我妈说:"好了好了,也带着你的一起,可以吧?"

我爸看着我,我立刻对我妈说:"我给你买更贵更好的瓶子。"

我妈翻了一个白眼:"谁要跟你们到处跑,死了之后还累得要死。"

死亡是难过的事情吗?任何死亡都是难过的事,但如果一早做好准备,用不同的方式来等待死亡,不惧怕死亡,或许我们和亲人之间的关系会变得更好。

死不是离开,而是换了一种方式继续生活在一起。

Chapter 10

人生最难这三年

My Hardest Three Years

没想到，我的三十八、三十九、四十岁这三年会过得那么艰难。

哪怕是我此刻写下这些文字，我整个人依旧处在不可名状的低气压里。

《晨间新闻》里有一段台词大概是这么说的：

很多人的人生都被"应该"绑架了，每句话的开头都是"你应该"，你应该追求更多，你应该想得更远，你应该对自己有更高的要求。

为了这个"应该"，我们自己都不知道自己要的是什么。

美剧里的主角尚是如此，那我长期处于低气压的焦虑里，似乎也是正常的。

三十七岁那年我完成了小说《我在未来等你》，三十八岁那年将小说改编成了同名电视剧，播出之后获得了不错的口碑，入选了豆瓣年度十佳华语电视剧。

按道理来说，我做了自己不曾做过的事，也完成了，完成的结果还不错。

但事实是，每当提到这部电视剧，周围就会说："口碑好又怎样，还不是没红。"

我就会说："一年那么多电视剧，能拍完就不错，能过审就不错，能播出就更不错，播出了还能收获好的口碑已经很难了，这几年也数不出几部特别红的电视剧，不是吗？"

但一个人的时候却总是会想：主创认真，演员认真，喜欢的人也都喜欢，但就是没有引起更多人的兴趣，肯定是哪里出了问题。是不是我的判断出了问题？

这个念头一旦有了，就再也挥之不去了。

前些年，电影《谁的青春不迷茫》上映时口碑也不错，但票房也没有达到预期，我就和人讨论过这个问题，觉得是自己在某些方面没有坚持，才导致了这个结果。

过了两年，事件又重演了一次。

我不敢和其他人去聊这件事，我怕他们对我失去信心。

我也不敢自己总是去想这件事，我怕自己也对自己失去信心。

无论是别人还是自己，一旦产生"算了吧，我也就这样了"，就可能真的再也没心气了。

所以当《我在未来等你》播完之后，我马不停蹄地又开始了新的电影剧本的创作。

朋友都觉得："刘同，你怎么那么有精力？"

其实我心里就只剩了一口气：我要再写一个好的剧本，我要证明自己是可以的。

后来的一年半里，我就没有休息过，带着同事们每天开会。

花了三四个月写完一个娱乐圈的故事，公司觉得"太飞了"，除非是沈腾写的，他来演大家估计会相信，否则没人会相信你。可他会来演吗？

本想继续修改，但其实我也知道，但凡一件事情企图用修改来获得重生，不仅失去了这件事本身的意义，而且很大概率不可能会有结果。

那就推翻了全部重写。

又花了五个月写完一个母子感情的故事，公司的反馈是"太假了"，没有人会相信，除非是文牧野写的，他自己来导……

行，那就推翻再来。

又花了半年写了一对好朋友交换器官延续生命的故事，公司说"感觉就很像外国的故事，不像中国的故事"，除非……

每一个他们说的"除非……"其实都有道理，我也没觉得他们故意在针对我。

每个人都有一两种让别人相信的能力，但还没被证明过有某种能力的我，不被相信是很正常的。

我那一年多就像得了失心疯，越是被否定，越是想证明。

白天开会皱着眉头，晚上一个人写东西时几近崩溃。

我开始变得少言寡语，说话前都开始叹一口气，我非常清楚地知道这样下去不对，这么下去我就要完蛋了，但我并不知道如何停止，也不知道停下来之后我要往哪里去。

停下来就是承认自己不行了，所以就必须一直跑着，跑错了方向也不要紧，尴尬地笑一下，再换个方向就好了。

直到有一天，家里人给我打电话，说外婆身体快不行了，如果可以，回来陪陪她。

我立马收拾了东西就回了湖南。

跟公司请假的时候，就说了一句话："既然公司觉得之前写的都不行，改起来也太费力，那就都毙了吧。我回去陪陪外婆，我再好好想想哪里出了问题。"

过去的一年半，日夜颠倒加班写出来的东西，瞬间就什么都不留。

我果然是真的不行。

不知道是不是人已经熟透了的原因。

以往遇见问题，总觉得还有时间，还有机会，还有自己未知的部分可以去探究。

可一旦过了某个年纪，脑子里就有了两个自己在互殴。

一个说：真的没关系，慢慢来，别停下来就能过去。

另一个说：没时间了，别死熬了，没有意义，为什么非要较这个劲。以前旁人对自己泄气，都可以置之不理。

现在自己泄气，真是一刀毙命。

我想拍电视剧之前，和领导有过好几次的深聊，领导觉得我不应该自己从头去开发剧本，太浪费时间，太耗费精力。我应该用自己的经验去管理更多的影视项目，比起一个埋头苦干又不能保证准确度的创作者，他更希望我能成为一个合格的职业经理人。

在几次争论之后，我和领导达成了一个共识——我在公司工作十几年了，请给我一次做砸的机会吧。如果我自己做的一个项目砸了，我就再也不较劲了。

领导默认了。

虽然过程痛苦，但心存感激，外界很多公司在疫情之下各种动荡，而我还有机会做一件自己想做的事情，不把握好机会，以后就真的没有其他可能性了。

回到湖南，白天去医院看外婆，外婆九十三岁，躺在病床上已经说不出话了。

在没有躺上病床之前，她声如洪钟，健步如飞，虽然阿尔兹海默病让她在几年前已经忘记了我，但小舅说这几天外婆突然会喊出我的名字，问我在哪儿。

我在哪儿呢？

我坐在病床旁看着外婆，脑子里一团糨糊。

我也不知道我在哪儿。

写不出能说服公司的剧本，浪费了和我一起合作的同事的时间，熟人一直问你的新项目什么时候出来，老家的人看见我也问最近又准备干什么事。

我在一团迷雾中打着转，分不清方向。

工作没有完成，写作也被搁置，哪怕出版了新书也提不起精神去面对纷至沓来的宣传。

"我觉得你应该去看看心理医生。"关系好的朋友喝了一杯之后，很认真地对我说。

我很惊讶地看着他，确信他不是在和我开玩笑。

"你已经很长时间这个状态了，如果再不消解，持续硬撑，我怕你突然就死了。"

我大笑起来。

他很严肃地看着我："我没和你开玩笑。你最好约个心理医生看看，到底哪里出了问题。"

其实现在想起来，我的大笑有掩饰自己害怕的成分。

我怕自己真的有了心理疾病。

但应该不太可能，我凡事都做最坏的打算，从不高估自己，也没什么自尊可言。

活着，尽力，享受一切感受，是我的生活原则。

"我能先和 M 聊一聊吗？如果 M 也认为我有问题，那我就去。" M 也是我们的好朋友，情绪稳定，看事准确，不急不躁地做着自己喜欢的事。

和 M 通电话时，我语无伦次，不知从何说起，好像说了自己的困扰，又好像没说到点上。

"我已经快两年都不开心了，我是不是出了问题？"这么问，M 也糊涂。

"我写的剧本都被公司毙了，我是不是不该继续写了？"这么问，或许 M 更明白。

M 突然反问我："你以前写了那么多东西，写了十几年，头十年你周围 90% 的人都嘲笑你，觉得你的东西写得不好，你心情被影响了吗？"

M这么一问,我也一愣,好像并没有。那么长的时间,那么多的否定,都没有让我退缩,也没有影响我的心情,所以证明我并不是因为被公司否定才心情不好的。

"那我的心情到底是被什么影响的呢?"我也在问自己。

我的脑子飞快地转动,像个离心机一样,试图立刻把各种困扰分离,找出真正影响我的那个东西。

"我换个问题问你吧,这几年你最开心的瞬间是什么?或者最安心的瞬间是什么?"M问。

我立刻就想起来了,我告诉M:"是当别人说我写的东西不够好时,而我的搭档以及我最信任的出版伙伴却告诉我,我写的东西没问题,让我不要管其他人意见,可以继续写的时候。事实证明,他们和我都是对的。他们非常能给我安全感。"

M:"那你这几个本子,他们是怎么说的呢?"

我突然意识到了什么。

我:"他们欲言又止,觉得不够好,但为了保护我的自尊心,他们又不会明说,含含糊糊,让我觉得非常不被信任和尊重。"

我继续:"其实我是一个很自信的人,我也是一个很相信伙伴的人,一旦我最信任的人不再相信我,也不再和我说实话,把我一个人晾着的时候,我才会对自己越来越失望。其实我并不是对写剧本这件事情难过,也不是害怕对不起公司,我是觉得自己不被最信任的人信任了……"我在自言自语中找到了影响我情绪的最根本的核心。

和M挂了电话,我立刻给我的公司搭档和出版伙伴分别打了电话,直接说了我的感受。

我把所有的情绪一股脑地说出来:"当我把我写的东西给你,你看完并没有告诉我哪里好,也没有告诉我哪里不好,你只会说'嗯,我觉得有点怪'的时候,我就觉得你在回避,我希望听到你们真实的感受,这个对我而言最重要。"

在这样的沟通中，我得到了一个答案："结束上一个项目之后，你特别想做一个不一样的东西，不一样的题材，于是你一直在编故事，越离奇越好。但你真正的优点是你的内心感受，无论是《谁的青春不迷茫》的日记，还是《我在未来等你》中三十七岁的你遇见了十七岁的你，都是你很想表达的内心世界。一旦你脱离了自己的内心表达，别的东西就很不真诚，我觉得怪，就是不真诚，不是真的你了。"

我瞬间就理解了。

只是我花了将近两年的时间才知道。

我曾以为是自己能力不够的问题，也曾以为是公司对我苛刻的问题，也觉得是辜负了同事的问题，还觉得是不被搭档信任的问题，其实真正的问题是我不够真诚了。

并非说真诚就能解决一切的问题，但真诚是做一切事情的前提。

没有这个前提，都没有被评价好与坏的资格。

而我，早些年每天都觉得自己被越来越多的读者接纳，是因为他们在文字里看到了我的真诚，我也很感激他们的看见。可转眼，我就忘记了自己为什么能一直走到这里。

推翻所有，重新开始。

白天在医院，晚上动笔写故事。

一周之后，我给公司交了一篇故事《我们的样子像极了爱情》。

没有剧作的起承转合，没有人设的反差设定，只有我想表达的情绪和诸多细节。

同事看完告诉我："同哥，你回来了。"

公司看完告诉我："这才是可以被拍的东西。"

我以为我会非常激动，但我没有，公司明确可以立项做电影的时候，晚上我一个人跑去小酒馆喝了几杯。

我庆幸找回了一些什么，我告诉自己不能再丢掉这些了。

因为担心演员拒绝参演，于是干了一整杯威士忌，把自己的心里话全部说出来，让他看到我。

因为喜欢一个人，又不知道如何表达，于是送了对方一张专辑，说请听听第二首歌。

因为买了个二手房，但装修的钱不够，心情不好时就会去看一看，站在那个房子里告诉自己要努力才行。

因为不想过一成不变的人生，鼓起勇气请了长假跑到国外去学了四个月的英文。

也因为想要给自己的电视节目制作生涯一个交代，在公司不允许的情况下，把所有积蓄拿出来垫资了一期节目样片。

往事一幕幕，真实又尴尬的我，热切又渴望关怀的我，简单又复杂的我，在每一个人生路上朝自己挥手。

不必试图去证明什么，一个人能把真实的自己表达出来已经是一笔巨大的财富了。

我点了两杯酒，举起一杯碰了另一杯，对自己说：你又回来了。

Reunion by the Sea

Chapter 11

低谷相遇的河流，
终将在入海口重逢

上篇文章写完时是凌晨两点，写完就发给出版的同事。

不到十分钟，同事就立刻回我："那电影项目立项之后到现在又发生了什么呢？我还蛮想知道的，想知道你最近是不是还那么惨？"

我看着手机里的信息，本来想安稳入睡的心，立刻又被电击了一下。

果然，一个人的幸福顶多让旁观者流几滴热泪，但一个人的不快乐却能让旁观者幸福好久。

"过分了啊，难道不为我走出痛苦而感到欣喜吗？"

"对，很欣喜，但更想知道这种欣喜是不是短暂的。"

"所有的欣喜都是短暂的。"

"那就对了嘛，现在项目进展怎样了？有什么结果了吗？到底能不能开机？还是说还在改剧本？"

虽然同事是做出版的，但她也很清楚影视行业的焦灼。

在我们这个行业里，一个项目可以做好多年，能做出来就算是万幸了。

很多人一旦因为相信而被裹挟进一个项目里，轻而易举就能搭上好多年的青春。

想做任何项目都能成的人也不是没有，就不一一举例了，说起那些名字和代表作，大家都听说过，但显然我不是那种幸运又有才华的人。

所以过去的三年中，我一直和几个同事一起写剧本，一直没有着落。

好几次想过：算了，不做了。

后来坚持下来的原因与其说是"不想被人看不起"，不如说是"怕对不起那些相信我的同事，他们浪费了好多时间"。

但就像我之前说的那样，当我发现我已经在路上越跑越远的时候，我只能停下来回到原点。

我也没有再多的勇气要求搭档陪我再重新走一遍，就跟他说："要不你先去做别的项目吧？不用等我了，如果我这边找到了新的出口，我再看看你到时的工作计划。"

我们很得体地告别，我进入了一个人的反思期。

那时是2020年秋季。

10月，我突然收到了狗雄给我发来的一条短信："同哥，我来北京了，我们要不要见一下？"

狗雄是我前同事，后来去了深圳做影视创业。

那时的他刚拍了一部八集的爱情短剧，豆瓣评分挺好的，于是他就成为业界纷纷递出橄榄枝的对象。

而那时的我，依然在思考：为啥我写啥都不行？

每天走出公司，都感觉世界哀鸿遍野，人间满目疮痍，我边走边想：我该怎么办呢？

这个问题我问过自己好多次。

大学时，我不知道自己要如何去争取更多的机会。

刚进社会时，不知道如何处理复杂的人际关系。

答应了杂志的专栏，到了截稿日都不知道如何开头。

每当这个时候我就觉得自己是不是选错了一条路，之前的顺畅不过都是假象。

我也不知道这个问题该问谁。

问好朋友，他们一定会安慰我"当然不会，你一定能做好的"，但我又不知道到底该如何做，问了等于白问。

问厉害的前辈，万一他们告诉我"你确实不太适合，你最好改行"，我更是会万念俱灰，难道我真的想放弃吗？

这大概就不是能靠别人给出答案的问题，只能自己想清楚。

我和狗雄约在了三里屯见面。

但也不是专程相约，只是那天我刚好打算介绍两位朋友合作，就干脆把三个人都凑到了一起。

两个朋友的事情很快就聊完走了，我和狗雄就有一搭没一搭地喝着酒，聊着我们的这几年。

叙旧是一件开心的事，但如果两个人在同一时间点对事情的看法不一致，那就很糟糕。

那时狗雄的剧集刚播出，得到了很多机会，他甚是苦恼，不知道该做什么，觉得自己什么都想做。

我说你就应该做你更擅长的，就应该继续做爱情题材。

他说不不不，我不想重复自己。

我正准备喝一口，突然愣住，恨不得把酒直接泼他脸上。

听听这话，我不想重复自己。

那八集爱情短剧是拿了金鸡金熊金球奖，还是拿了终身成就奖了？

一颗种子才刚刚冒了一点绿色，都还没长出对芽，离抽条更是还差得远，更别提开花结果了。

我一口干了那杯，等着酒精在我身体里发酵，积累怒气，然后酿成一支箭，射了过去。

我开开心心地讥讽了他一顿，然后假装意识到自己很不得体，立刻抱歉："不好意思，酒劲上来了，说了一些很唐突的话。"

我正准备从自身的挫折出发继续跟他分享，告诉他，我就是做错了选择，现在真的很痛苦。

他脸上一副志在必得的样子，说："没关系，没关系，我觉得我可以的。"

我……更气了。

算了，不聊了，喝酒吧。

没想到，喝多了，聊得更多，总之最后的结果就是价值观不合，我们抱了抱对方，散了。

我俩可能都在想：这个傻×，以后不会再见了。

之后的三个月，我依然在想自己到底哪里出了问题。

同事说："同哥啊，你得写一些你真正擅长，又一直想写，且没机会写的。不要总是去挑战那些展现社会家庭、伦理道德的狗血'知音体''故事会体'了。"

哦，原来我在他们眼里是这样的。

同事随后给我发来几篇文章，是我以前写的。

她说："你看，这样的文章现在看还是很感动，你能不能就把这个写成一个完整的爱情故事呢？"

我差点下意识就回复她："我不！我不想重复自己！"

突然我就意识到，那我不是和狗雄一样了吗？我可不能成为他。

于是我就乖乖地看了起来。

看完抹了一把眼泪，居然被以前的自己打动了。

想起来，自己好像确实很久没有真正地投入过情感了，每天看剧本结构的书，写的剧本也全是技巧结构人设什么的。

然后我就跟公司说，给我一个月，我再试一试。

一个月后，我写完了新故事交给公司。

结果上篇文章我也写了，同事就觉得这才是真实的我写出的真实的东西。

公司看完后，就问我："导演你打算找谁？"

我上一个合作的导演非常快速地就进入了新项目，看来人人的路都比我宽广，我有些惆怅。

我突然就想到了狗雄，过去了三个月，他也没啥动静，之前他跟我说的项目不会黄了吧？

我就给他发了一个信息："你最近在干啥？"

他立刻给我回："同哥，我正处于人生低谷。你说对了，项目都黄了，给了预付款的项目也黄了，我现在什么事情都没有。郁闷，就每天在家里写剧本，打算投电影节的创投。"

那么直白？那么直面内心？直接就承认自己到人生低谷了？

本来我还想迂回一下的，但一看他底裤都扒下来给我看了，我就只能也交底了。

"怎么那么巧，我正准备从人生低谷走出来，刚写完了一个新的爱情故事，公司说可以继续推进，你要不要和我一起，我们一起把这个项目给做出来。"

他说："好啊，那就一起啊，我太孤独了！"

后来，我和狗雄，还有另一位编剧曾老头，三个人合计了一下，就一起回到了我的老家湖南。

我们三个人住在一套房子里，开始了长达七个月的写剧本时间。

白天写作争吵，晚上喝酒看片。

他俩睡上下铺，我每天早上负责叫他们起床吃早餐，我们的关系像极了大学室友。

这七个月中，太多事情值得回忆了。

比如我们的剧本进入焦灼时，狗雄突然说："我投出的剧本入选了今年FIRST青年电影展剧本创投十佳……"

我们看着他，觉得：啊，命运对我们真好啊。

第七个月结束的时候，我们终于完成了我们的电影剧本初稿。

那天晚上，我们在家里一起看《悠长假期》，女主为了给木村拓哉加油，从零基础开始学习木村拓哉弹过的一首钢琴曲。

情节太感人了，我们三个男的边喝酒边哭。

我就带着哽咽对狗雄说："我要买个钢琴，我要零基础学这首曲子，如果我们的项目顺利开机，开机那天，我就弹给你听！！"

一晃几个月过去了，我们的电影真的要开机了。

最后几天，我把还没有练会的部分疯狂练习，终于在开机的一大早发给了狗雄，发信息告诉他："你看，我这个年纪，零基础，死记硬背磕磕绊绊地弹下来，我尽力了，你也要尽力啊！"

如果每个人都是一条河流，沿途能遇见其他的河流，交流一阵之后，也会告别，朝各自想去的方向奔去。虽然也许会偶尔怀念当时交汇的喜悦，但心里也会觉得再也遇不到了吧。就这么想着，你们发现又在入海口相遇了，两条河流惊喜地抱成一团，一起朝大海奔去。

这大概就是这三年发生的所有事情吧。

Plan for the

Chapter 12

哪有什么人生高光,
无非是
做了最坏的打算

Worst

看电影最喜欢看主角开高光的时刻,当他们突然一改往常的模样,鼓起勇气为了某个人、某件事奋不顾身的时候,屏幕前的我会立刻热泪盈眶。

看完之后也忍不住回味:哇,如果我也能这样就好了啊。

某天Boya突然问我:"如果你不是你,你会愿意和你成为朋友吗?"

我又快又笃定地回答:"会!"

Boya问:"原因?"

我:"我在关键时刻可以不要脸呢!"

Boya想了想:"还真是。"

虽然一直羡慕电影里的人物,但细想起来,其实我那些豁出去的时刻,带着义无反顾的决心和视死如归的勇气,打着"不要脸"的幌子,每一次都让我变得不太一样了。

印象中,自己的人生第一次开高光,是读大一时。

我在河东,钱包被偷了,学校在河西,走回去有十公里。是走回去,还是去路上问陌生人借一块钱?踌躇半天后,我终于鼓起勇气对一位陌生人说:"您好,我是师范大学的学生,我的钱包被人偷了,您能借我一块钱吗?我想回学校。我之后肯定还给您。"

对方打量了我两眼,给我一块钱,说不必还了。我连声道谢,觉得世间温暖。

倒不是说我成功地要到一块钱便是人生开了高光，而是因为我从小就是一个胆怯的人，很多事埋在心里，发酵成酒了都不愿意倒出来。换作以前，我宁愿走十公里，不敢也不会问陌生人借一块钱。但那天我居然做到了，那种突破自我的喜悦，发觉人间有温暖的喜悦，完全盖过了钱包被偷的失落。

鼓起勇气去做一件事，失败与否不重要，重要的是你敢去做了，在我看来就算是开了人生高光。

早些年我是一档访谈节目的制片人，我们那档节目是主持人采访，编导记者们坐在台下也参与提问。我也就常坐在台下，冷不丁地问嘉宾几个问题。

一次节目来了一位大热谍战片的男主角，这个男主角很不配合，无论我们问他任何问题，他都是回答"没有""不是""没这回事""下一个问题"，很快，我们准备的提纲就问完了。

主持人和当期导演都急死了，这样录制，连10分钟的节目都剪辑不出来，更何况我们是一档30分钟的访谈节目。

我坐在台下，一样着急，假装很开心地提出各种新问题，男主角依然一副很不配合的样子。所有人都看着我，眼神里写着"怎么办？耍大牌，没辙了"。

我看着男主角，他整个人都在放空，我心里突然蹿上来一股气。制作一期节目需要多个部门、几十位同事配合，当期导演查阅了大量资料，完成了提纲，准备了好多天，为什么男主角完全不在意别人的努力呢？这么想着，我告诉自己：这样的演员我以后再也不想碰到，这一期节目我也不打算拯救了，废了就废了吧。

做完最坏的打算，我就举手了。主持人看见我举手，赶紧让我说话。

我直接对男主角说："是这样的，老师，我想问您最后一个问题。"

他看着我，扬扬下巴，示意我赶紧说。

我说:"我特别好奇一件事,想不通。您来录节目,路上花了两个小时,也花一个小时化了妆,您都花了那么多时间了,为什么坐在这里的时候,连半个小时都不愿意配合呢?如果您不喜欢这个节目,您当初直接拒绝我们就好了,这样录制的话,这期节目肯定废了,10分钟都剪不出来,所以我很想问一下您的心里是怎么想的?是我们哪里做得不对吗?您说出来,我们改进。"

我说完这一大段话之后,全场都安静了。

主持人整个人呆掉,其他同事也被我吓到了。

我心里只有一个想法:死也要死得明白,如果我们没做错什么,那我也必须告诉你我们的感受,你太不尊重我们了!

男主角看看我,又看看他的工作人员,说:"我没有不配合啊。"

我继续说:"我手上的提纲一共有24个问题,您每个问题的答案都没有超过五个字。"

男主角一愣,反问我:"我的回答真的那么简短吗?没有吧?"

我:"我们问您当初为什么要接这个剧本?您的回答只有两个字,喜欢。我们问有喜欢的具体原因吗?您的回答是全凭感觉。"

"是吗?"他反问。

同事们都没说话,大概觉得我和他这么针锋相对的聊天或许也别有一番风味吧。

我:"您很明显不喜欢我们。"

男主角赶紧说:"我没有不喜欢你们。"

我:"但您表现的就是不喜欢,所以回答都非常言简意赅。如果不想录了,直接结束就可以了。"

男主角:"可能我有点累。"

我:"那我们运气太不好了。您是这几天一直在熬夜吗?"

男主角:"是啊,每天都有工作安排,前晚到早上,昨晚到早上,上午睡了一下,就来你们这儿了,我整个人都是蒙的。"

我:"所以您的工作是您自己确认的,还是公司同事安排了您就必须来的?"

他继续回答。

也许是突然的提问让他整个人回过了神,来了精神?

还是因为我们之前的提问太客套了,他提不起兴趣?

总之,我开始和男主角有一搭没一搭地聊了起来。

主持人松了一口气。导演在旁边看着都激动得快哭出来了,她应该也做好了放弃这一期节目的准备,没想到我的破釜沉舟居然让我们又继续大聊特聊了两个小时,前后做成了三期节目。

甚至之前男主角有一搭没一搭的回答,和后面的大聊特聊剪辑在一起,形成了强烈的对比,也让观众看到了他不一样的一面。

事后,同事问:"你当时真的觉得就不录了吗?"

我:"对啊,不然呢?必须要死个明白啊。"

同样的事情,后来也发生了一遍,让我交到了一个好朋友。

可能我的老读者都知道,在筹备电视剧《我在未来等你》的时候,剧中三十七岁的郝老师迟迟找不到合适的男演员,朋友就给我推荐了李光洁。

当时我和导演薛凌都是第一次做电视剧,李光洁资历深、演技好,我觉得他根本就不会和我们合作。

但死马当活马医,我把剧本也给了李光洁那边,等待他的回复。

我担心他不喜欢、不愿意演,我也担心他觉得剧本有问题,如果不及时提出修改意见,剧组这边已经没有时间了。

那时每天都是如坐针毡,感觉每时每刻都在等待被分手。

有一天终于又想明白了,与其等着被甩,不如直接过去,面对面得知噩耗,还能给自己多争取一些时间。

这么想着,我就直接杀到了深圳,在他住的酒店大堂等他结束拍摄。

等待李光洁的过程中心情紧张，我是那种越紧张越不知道该说什么的人。

于是我就点了一杯长岛冰茶，我想喝一点酒让自己放松。

刚点上，我正一小口一小口地抿，李光洁就说他已经回来了，在电梯口等我上去聊。

我心里一咯噔，一仰头便把那杯酒整个干了。

长岛冰茶很快就上头，我站在电梯里脸热热的，问自己："我一会儿要说什么来着，可千万别忘记了。"

李光洁还没吃饭，打包了晚餐，他看我刚喝了一杯，脸色微微泛红，就客套地问了我一句："同哥，你还喝吗？"（对，我比他大两个月！）

对哦，我年纪比你大，我可以稍微不那么拘谨呢。

我直接说："好啊，喝！"

感觉他愣了一下，估计没想到我真的那么不客气吧。

他拿了一瓶刚开封的威士忌，并且给我介绍这瓶酒的来历。

我根本听不懂，就往他和我的杯子里满满地倒了一杯，举起杯子，说："来，干了。干了，我就直接说我想说的话了，我怕耽误您时间。"

然后他莫名其妙地也跟着我干了一整杯纯的威士忌。

我俩很快就脸红了，面对面坐着，都在等对方先说话。

我的同事在旁边像看戏一样看着我俩，不晓得这两个人要干啥。

我说："光洁老师，如果您不喜欢这个剧本，您就直接说。如果您觉得我们没有经验，担心我们做不好，不想合作，您也直接说。因为我想如果我是您，我也不放心。所以您说什么，我都觉得很正常的。"

李光洁听完，嘴张了几下，然后说："咦，同哥，您把我要想说的东西打乱了，您怎么那么反套路？我之前准备的确实是一些客套话，但也想说些真的，您等我一下，容我想一下我怎么回答您的问题。"

我："所以您还没有准备好拒绝我的措辞吗？"

李光洁："不不不，我很喜欢你们的剧本，也很喜欢这个角色，也很期待和你们这个全新的团队合作,可是您太反套路了啊!我都不知道我该从何说起!"

鬼知道我心里压力有多大,所有人都等着他的表态,他这么一说完,我立刻跟他说:"我们等一下再聊可以吗?我要先跟我的制片人打个电话,他一直在等我们见面的结果,我是不是可以跟他说,咱俩聊得很好,你很乐意出演。"

李光洁仰起头,有点小傲娇的害羞:"对对对,您可以这么说。"

第二天回剧组的路上,同事问:"你是真的害怕被拒绝吗?"

我说我不是害怕被拒绝,我就是害怕等着被拒绝的那种感觉。

同事很认真地对我说:"昨天你很认真的样子,有点帅呢,感觉开了高光。"

嗯,那些人生的高光时刻,不过是做好了最坏的打算啊。

前几天,朋友阿辉突然问我还记不记得一个做餐馆的朋友。

我一时没想起来。

他说:"我不知道要不要提醒你,你可能自己都很想忘记。前几天那个朋友突然说特别感谢你,才偷偷跟我说了这件事,我听了之后没觉得你蠢,只觉得你好厉害。"

我很厉害?咋了?

朋友就帮我回忆起来。

大概在十年前,一个朋友的餐厅开业,请了一些朋友去吃饭,隔壁包厢也有客人。

没过一会儿,隔壁包厢发生了争执,我就过去劝架,原来是包厢客人发现他们点的土鸡只有一只鸡腿,就找来了朋友。朋友连忙道歉,说整桌的菜全部免费,非常对不住。

但是那桌客人喝了一些酒,还让朋友赔三倍的菜钱。

开餐馆本来就难,朋友好说歹说道歉不行,求情不行,然后有人说了一句，不赔钱可以，你跪下来道歉吧。朋友自尊被羞辱了，立刻拒绝。那桌客人拿着酒瓶要打人，朋友冲到厨房拿了刀要拼了。

我看这种局面估计要崩了，脑子里突然闪过一个念头——反正现场这些客人没人认识我，解决问题比较重要。这么想着，就立刻跪了下来，跟他们说："原谅我朋友，小本生意，这桌菜免费，当买个创业教训，各位大哥高抬贵手。"

我觉得自己像极了港片里忍辱负重的男主角。

那桌客人估计也没想到真有人跪下，也就很快找了个台阶讲和了，我也继续回到自己的包厢吃饭了。

这件事情除了那个老板，谁都不知道，我回去也没说。

阿辉问我："你怎么那么豁得出去啊？"

我说："难道要闹出人命吗？反正没人认识我，跪就跪咯。我自己不觉得没自尊，你管我。"

阿辉问："你后来还跪过吗？"

我："滚！"

Do What You like

Chapter 13
做自己相信且喜欢的事

这些年常常被问到：如果一个人不知道自己喜欢什么怎么办？一个人如何去找到自己真正感兴趣的东西呢？

今天再看这个问题，和周围的朋友聊了聊，觉得这个问题好像本身就不能成立。

没有人不知道自己喜欢什么，只是觉得不现实就放弃了。

而一个人自己真正感兴趣的东西也不需要去找，往往是当下的一种感受，你留意了，也许这就是你人生最重要的那件事。

相比周围很多朋友，我算是曲线救国的那种。

就读中文系时，一边写作一边去媒体实习，大四毕业之后考入湖南电视台，在长沙工作两年后又选择北漂，进入光线传媒继续做传媒，后转做电影，开始学习写剧本，才把写了十几年的文字与工作结合了起来。

我算是命好，很早就大概知道自己对什么感兴趣，而且愿意付出时间，慢慢地也就看到了回馈。喜欢一件事情但凡有了回馈，就是能一直支撑我走下去的动力。

身边也有朋友，本来干一件事外界看起来好好的，突然他们就转了个方向，周围的人都觉得他们疯了。但要知道，一个已经被视为"走上正轨"的人突然要做出截然不同的选择时，他们本身该思考了多久，在多少个夜晚辗转反侧，模拟了多少阻扰，大概也预计到那些讽刺话语是什么，如果还是做出了选择，那一定就是破釜沉舟了。

我问他们："如果不成功怎么办？"

他们的答案几乎一致："比起失败来，我更想把一直想做的事情给做了，我觉得那才是真正的我，起码我知道我不会再给自己找理由和借口了。"

人生中最大的遗憾往往不是做错了什么，而是没有勇气去做什么。

先说说老谢。

老谢是我的发小，也是从小学到初中一直到高中的同学，我们看着彼此在人生的前十八年如何茁壮成长，又如何在各自的领域里生根发芽。

五六年前有一天，老谢突然支支吾吾地在电话里第一次那么严肃地说："同啊，能不能帮我一个忙啊？"

我猜了十几种可能要帮的忙，却没有想到最后她说："我要出版一册绘本，你能不能从你的角度给我写一点什么？"

我答应了，不是因为对美术绘画有研究，而是因为对她有研究。

想起来，她算是我人生中见过生命力最顽强的女性，闭上眼睛想想她的样子，总是笑眯眯的，就像野草，烧不尽，拔不完，迎风生长。

小学时，她的普通话略有口音，却因为感受力颇强，一直是市演讲比赛的佼佼者。我很羡慕她，也会问她，你怎么那么会演讲？

她说："我一点都不会，很着急,一想到肚子会痛，我就想赶紧说完，赶紧说完，所以特别投入，就拿奖了。"

我不相信她那一套鬼话。但是我知道，她是那种只要一投入，就一定会有回报的人。

高中我俩同班，男孩自我觉醒都较晚，而她早已经选择好了自己的路。班会上，她说自己的理想是学美术，要成为很厉害的画家。画家是什么？十五六岁的我们谁都不知道，生活在那样一个小城市，日出而作日落而息，日子就像被定时上的发条，好像除此之外，也没有什么除此之外了。

我十七岁，跟着同学去长沙参加某个大学的专业考试。其实我早就知道没戏，去长沙只是想看一下外面的世界而已。

在老谢的帮助下，我找到了可以暂时借宿的宿舍，第一次知道了省会居然还有二十四小时的药房，知道了什么叫服装专卖店，并拿出了199元买了人生第一件真维斯的衣服。

她带着我，去了所有她觉得有意思的地方，给我介绍她认为有意思的朋友，让我意识到自己原来也是一个有意思的人。

因为那一趟很重要的"见识世界之旅"，回到高三生活的我，突然有了学习的动力。

我也想拥有自己真正喜欢的生活，我也想和老谢一样。

我觉得老天对我们这种简单又肯努力的小孩挺好的。

我和老谢都考上了大学。

我学中文，她学美术，我们都有了新的人生目标，那种感觉真的很爽。

虽然我们的距离远了，各种生活也不尽相同了，可是我远远地看着她，仍能感受到她身上散发出来的热情。

大学毕业，她又考到了中央美院国画系进修，一切都像她想的那样，一步一步，朝自己的方向进行着。

直到有一天，我听朋友说起她因为刚出社会太单纯，错信了一个长辈而导致自己欠了几十万的债，我才知道过去的几年中，她的生活是怎样的。我不知道那时的她是怎样度过那段灰暗的时光的，总之结局是她一个一个打电话向借给自己钱的人道歉，并且承诺一定会尽快还清欠款。

她辞掉了学校老师的工作，租了一间小民房，一个人做起了幼儿美教培训班。

没人报名，就去电线杆贴小广告。

没人敢第一个报名，她就一个孩子一个孩子地免费试教。

无数个烈日当空，无数个年轻人不知方向为何，她却从未停下过脚步。

她先从亲戚朋友的孩子下手，100块钱教一个暑假。

第一个班上的六个孩子全是亲戚朋友的孩子。

她觉得自己不太像一个少儿美术培训的老师，更像是一个托儿所的保姆，不仅要带着大家吃饭，还要带着年纪更小的孩子上厕所。

后来她说，因为学生少，她能全身心地去教育和照顾这些孩子，也因此打动了不少家长。

一位孩子的家长被她的投入感动了，于是掘地三尺把身边所有朋友的孩子都介绍给了老谢，一共七个。

那几乎成了她美术教育的转折点，从那一刻开始她强烈地觉得"我真的可以干出一些什么"。

那几年，我在北京工作，每年回家过年时，都会约她聊一聊。

我俩聊天质量特高，都不需要有任何氛围，她把车往路边一停，我俩坐在车上就能聊好几个小时。

她的车后座放了很多书，都是一些什么"女人必须要靠自己""成功者的十个特质""怎样才能带领团队""不放弃就是最大的成功"之类主题的书，我就嘲笑她——看这种鸡血书没啥用。

她很尴尬地笑了起来，很正经地对我说："哎呀，我觉得还是有用的，每次看完就觉得全身充满了力量。倒不是他们的方法有多正确，而是他们给我提供了很多不同的角度去思考问题。能给一些力量就是很好的书啊！"

我看她一副认真的样子，觉得挺感慨的。

是啊，哪能随意评价一个东西好不好，只要当事人觉得有任何改变，都是好的。

一年又一年，两年再两年。我们见面时，她接的电话越来越多，我也就知道她培训班的学生越来越多，她又找了更大的教室，很多学生都要提前预约了。再后来，她的小铃铛美教培训班变成了小铃铛美教学校，开始有了好几个分校，每个暑期的学生都有好几百人。

创业第九年的某一天，她突然给我打了一个电话，刚接通她就带着哭腔告诉我，她终于把那几十万的债给还完了。

不过她说哭不是可怜自己，而是觉得自己真牛。

我问她在这条不能回头的路上，有经历什么事让她觉得以后什么都不会再害怕了吗？

她说当她把所有的钱还完的那一刻，她觉得这辈子她不会再害怕任何事情了。

她说自己从来没有那么投入地去做过一件事情，她改变了好多，不再患得患失。

她说她非常相信一句话——一个人的语言会透露她的信念，而信念会影响行动，行动会创造结果，结果的积累就是一个人的命运。只要一个人踏踏实实跟上时代的步伐去做事，而且是做自己擅长并且热爱的事，肯定会出头的。她坚信这一点。

这是老谢的故事，略长。

因为老谢，我又想起了身边还有几个朋友，他们也都在众目睽睽下突然改变了自己的方向，并坚持做了下来。当初大家觉得疑惑的、唱衰的，现在也都闭嘴了。我也很想把他们的故事分享给大家。

比如小王。他突然把甜品店关了，去开了一家长沙粉店。

刚认识小王的时候，他超级潇洒。白天睡觉，晚上泡吧，某天突然觉得自己需要干点什么正经事了，就在长沙五一大道开了一家甜品店，一时红红火火。

甜品店开起来很洋气，但竞品太多，第一次创业的小王焦头烂额。

一天，朋友带他去了一家好吃的粉店吃粉，小王看着络绎不绝的客人，突然萌发出想做粉店的念头——做甜品店新品更新速度太快，客人没有忠诚度。但长沙人爱吃粉是一种习惯，只要认真去做，味道地道，出品稳定，客人自然能留存下来。

脑子里转了那么一圈，小王吃完粉就跟老板说："老板，收学徒吗？交学费那种。"

老板说考虑考虑。

没多久，"夜店小王子"小王就真去粉店工作了。

周围的人都觉得小王太好笑了，一个每天混夜场，随便定个台就几千上万元的小青年，一个甜品店的老板，突然去一家长沙的粉店当学徒。

学什么呢？学端粉，学收碗，学擦桌子，学倒潲水。

小王说自己头几天都快吐了，但他很清楚自己是交了学费的，学习忍耐也是人生的一门必修课。

以前的小王总是白天睡觉，晚上浪荡。当了粉店的学徒后就变成了每天晚上十点半准时睡觉，早上五点起床。

小王倒没有任何不适，他的朋友们全傻眼了。

因为小王开过甜品店，所以上手非常快，没过几天，整个粉店的出品就是小王一个人负责了。

下粉、卡时间、舀汤、放料、盖码，一气呵成，老板负责在旁边指挥。

就这样，几个月后，小王学徒到期，他决定自己当老板，真的去做一家粉店。

粉店起名：隔壁小王。

我问他几个月到底能学到什么？难道是学到了秘方吗？

小王摇摇头："其实也没有什么配料上的秘方，最大的秘方就是我真的已经学会了'吃得苦，耐得烦，不怕死，霸得蛮'。开实体店就是要拼，要守，比的是质量。我在，店就在。我不在，店就亡。以前我还是太幼稚了，总想轻而易举就上岸，现在不会了，但也更踏实了。"

今年，离小王开粉店过去四年了，他的"隔壁小王长沙粉行"已经在长沙开了第三家店了。

我几次回来聊到这个店，周围都有朋友说去吃过，很好吃，我就觉得特别开心。

我问过小王：整个过程中最难以克服的事情是什么？

他说是收碗倒潲水的时候，尤其是有熟人也来吃粉，看见他在做这些事情，大家的眼神都很微妙。他自己也摇摆不定，觉得自己丢人了。但那时他就不停劝自己不要想太多，慢慢地就好了。他说自己以前太矫情了，现在觉得做任何正当的赚钱养活自己的事情，都是理所应当的，人就不要太把自己当回事。

刚才是长沙开粉店的朋友小王，我还有一个在北京开酿皮店的朋友老王，也很妙。

老王本来自己开了一家营销公司，帮助很多大品牌做公关，每天忙得要命，也挣了不少钱，但她突然通知我们她要开一家西北酿皮店。

原因很简单，她帮品牌做公关做得不错，但她更想证明自己也能从0到1做成一个品牌。

老王是西北人，在甘肃白银长大，从小到大吃的都是一对老夫妻推着车卖的酿皮。

她一直在思考——如果找到一个好的产品，是否真的能够把它做成一个品牌？

老王说干就干，飞回白银找那对老夫妻，说服老夫妻把独家配方卖给她，并让他们的儿子在她的营销公司实习上班。

很快，第一家"最喜酿皮"开了起来，里面都是西北特色小吃。

过了三年的时间，"最喜酿皮"已经在北京开了十几家分店了，在西北小吃的大众排行里，排名第一。很多白银人吃到它们的时候都惊呼：

这不就是小时候的那对推摊老夫妻的味道吗？！每当这时，老王就非常开心，觉得自己做了一件好事。

其实更妙的事情在后头，酿皮店有一款现熬的饮料——杏皮茶。

南方长大的我，从未喝过这种饮料，第一次喝的时候就被震撼到，也太好喝了吧！

我让老王没事就给我闪送几杯来喝，搞了几次之后我觉得太麻烦了，就跟老王提议："这个饮料那么好喝，喝过的人也少，不如搞成便携式饮料装好了。"

老王用很短的时间想了想，决定开干。

没想到做饮料是件非常难的事，如何装罐，什么材质，怎么杀菌，怎样保持每一批的味道一致，甚至需要提早几年就回敦煌把杏干给收回来，放在仓库里，以防止产品销量暴增不够用。

老王总觉得自己懂的东西太少了，于是到处上课。有一次去上MBA的课程，老师的讲堂上放了一瓶"最喜杏皮茶"，她就问为什么讲台上会放一瓶这个，老师说："噢，这是我最喜欢喝的饮料，而且不放任何添加剂……"

老师还在给她安利，她突然热泪盈眶地告诉老师："这是我做的！这是我做的！"

就是这样的死磕，最喜杏皮茶做了不到三年，因为表现好，就获得了元气森林的投资。

我问老王：通过开酿皮店和做杏皮茶，最重要的是学到了什么？

她说："我只想通过做一些事情来证明自己的营销策略是否真实有效，做人做事都不能盲目，失败了就失败了，但好在可以一直调整。到今天为止，我也觉得没什么过不去的。为了做杏皮茶收购杏干，我把房子都给抵押了。好在终于熬了过来。"

还有老家的朋友小火，从小就喜欢跳街舞，被周围的亲朋好友说成不务正业、二流子。

于是"不务正业"的他就把所有"不务正业"的朋友们集合在了一起，一拍脑门，决定开一个舞蹈公社，没想到第一期的学员就爆满，直到现在。

他的创业十分简单。

我问小火："你做这件事情学到了什么吗？"

他想了想，很蒙地说："好像没有学到啥，我也不懂那么多，反正我就是喜欢跳舞，就不停跳舞、比赛，刚好周围也有很多人喜欢，我们就教他们，就真的很简单。我们把一样的人聚在了一起，反正就是没那么复杂吧。"

后来我回郴州拍电视剧的时候，所有演员的舞蹈动作也都是小火他们帮我们设计的。

这几位朋友的创业虽各有不同，但都是突然意识到自己喜欢什么，然后一股脑就去干了。

我想绝大多数人并不是找不到自己喜欢的东西，而是觉得自己喜欢的东西很可能在别人看来都没谱，一来二去，喜欢的也变不喜欢了，冲劲也没了。

我相信命运会垂青每个人好几次，但次数用光了，你还没意识到那是命运的垂青，那就不能怪命运了。

对一件事情感兴趣，愿意花时间去学，不在意别人的眼光，自己十分投入，能做到以上四点，很多事都能做好吧。

Line up

Chapter 14

我愿为你
排很长很长的队

For You

一天，打开抖音，发现自己的某条视频被很多人看到了。

平日几百的留言变成了好几千。

不过很多留言让我觉得既心酸又好笑。

"原来你就是刘同？"

"我一直以为刘同是个女孩。"

"刘同不是一个老头吗？"

"我读中学时语文考试总是做你的文章的阅读理解，我还以为你是上个世纪的作家。"

留言众多，有调侃有相认，无论怎样的留言，都能感觉到大家的善意。

突然我看到一条留言："你觉得你的人生是被什么改变的？是被一个人，一个机会，还是你的一个选择？"

留言的用户名是一串数字。

我点击进去，看不出这位用户的性别和年龄，人又是在哪里。

但在一众热闹的留言中，这条留言显得格外打眼，我猜他应该正处于人生的成长期吧，我刚好进入他的视野，他或许对我有些许了解。

他也许很想知道像我这样一个人，是怎么一步一步走到现在的。

甚至我也能想象出，他打出这一段留言，应该也是思考了许久。

我该怎么回复他呢？

这个问题让我想了许久。

我是因为遇见了谁而成为今天的我吗？

还是因为做了一个正确的决定所以成了今天的我呢？

一路上，我遇见了很多人，每个阶段我都遇见了好些帮助我的人。

但如果觉得命运因此而改变，似乎也不太准确。

以前觉得如果自己遇不到贵人，这辈子肯定不会那么顺遂。

但后来自己也开始有能力去帮助其他人的时候，我突然意识到——要被人帮助，首先是这个人身上要闪着光。

闪着光，能被人一眼看见，才是改变个人命运最重要的部分。

比如我也曾问过那些帮助我的前辈："那么多人，你为啥要帮我？"

前辈也很直接地回答："感觉帮你很有可能会有结果，但帮其他人很多时候是一场空，还累。不是说非要有回报才能帮助人，烂泥扶不上墙，烂泥对结果是无所谓的，但抹泥上墙的人很累，手还脏。"

于是突然想起。

大概七年前，一本杂志约我写一篇卷首文，我让编辑给我发几篇之前发表过的文章，看看气质。编辑给我发来四篇，其中有一篇看得我心潮澎湃，写得温暖热情有力量。我很好奇，特意看了一下作者，里则林。

为啥写那么好，可作者的名字我从来就没有听说过？

我立刻便上网开始搜索作者。

先是找到了同名的博客，看了几篇碎碎念，确认是一位男作者，发现他居然才读大三，就读广东的一所工业大学。

我立刻给他留言，说自己看到了他的文章，被感动了，觉得他写得很好。

第二天，发现他已经回复我了。

特别中二的回复，大概是："啊啊啊啊啊啊，你就是我妈一直让我看的求职节目的那个人！！！让我冷静一下。"

我和里则林就这么认识了。

他常会把他的文章发给我看，想听我的评价。

我说真不错，他就觉得我在刻意鼓励和安慰他。

我就干脆把他的文章直接发到微博上，让网友们评价，让他看看网友们的真实感受。

很多人看完很感动，纷纷鼓励他，我就跟他说："好好写，能出来的。"

过了大半年，他给我发来很长的一封邮件，意思是他马上大学毕业了，毕业之后就要回自己家的工厂工作（原谅我那时并没有读出来是继承家业的意思），以后也没有时间写作了。他说他大学时期写了很多文章，很希望能在大学毕业这年出一本书，也当成对自己写作的纪念。

邮件写得很伤感，我就回复说："你写得很好，你把所有的文章给我，我给出版社看看。"

后来的结果自然是出版社觉得很不错，第二年就出版了里则林的作品，那本书也成了当年的畅销书。

他不知道如何表达对我的感谢，就问我要了邮寄地址，说要给我寄东西。

过了几天，我在公司收到好几大筐荔枝，真的是超大的篓子。

他说是他专门去摘的，为了表达心意。

我觉得自己比杨贵妃还受人惦记。

一个深夜，里则林对我说："同哥，毕业的时候，我爸妈说如果我从事写作，就不再给我生活费了，所以我当时只能回厂里。但这本书让我拿到了不少的稿费，所以我决定来北漂了，可以吗？"

又过了一周，他成了光线影业的实习生。

时间一晃，七年过去，他作为编剧写了几部电影和电视剧（《风犬少年的天空》《雄狮少年》），收获了赞誉，也能直面批评。

《雄狮少年》上映的时候，他给我发信息："谢谢你啊同哥，如果不是你当初留言夸我，就没有今天的我啊。"

我回："你不用现在就感谢我，等你拿到奥斯卡奖的时候，站在台上再感谢我好吗？我不是那么容易就被打发的。"

他："我之前用荔枝就能打发你了啊。"

我："那是你亲手摘的啊，不一样。"

他："哦哦哦，其实是我开车去荔枝园包了几棵树，让园子里的工人摘的。"

我："你怎么能骗我那么久？"

他："你也知道我是什么样的人。"

我："能花钱解决的问题，千万不要动感情。是吧？"

他："嘿嘿。"

回过头来说，如果我不给他留言，他就不能走上这条路吗？

我想未必。

我觉得就算在另一个平行世界，他回家继承了那个电子厂，他的脑子也会让那个厂在新媒体上发光发热。他可能挣到了很多钱之后，依然会有写作的梦，会自己投资做影视剧，然后自己动笔当编剧。他是一个能对自己的爱好付出时间的人，进入到这一行，只是时间问题，而不是选择问题。

之前我也在书里写过——我们不能把自己的人生失控归结到某一个错误的决定，更不用想着"如果回到那一天能改变那个决定就好了"。因为哪怕你修改了那个决定，一个人的性格依然会让他在之后的人生里继续做有所偏差的选择。一个人所做的选择都是一个人的性格所决定的。不是选择决定了人生，而是性格决定了人生。

所以，这么说起来，改变我和里则林人生的，并非某一个选择，而是我们都喜欢写作这件事。

写作的满足感轻易就能让我忘记没有朋友这件事。

写作的投入感让我不必时刻掏出手机，而是每天都能花上好几个小时通过文字和自己聊天。

我在想什么，我要如何表达自己的情绪，当它们变成文字一个一个出现在屏幕上的时候，我整个人都清晰了很多。我是由这些想法组成的个体，我的原则被我写在了文章里，我如此去表达自己时，我也被其他人所认识。

我也因为写作，不那么容易被淹没在人群里。

虽然在写作的前十二年里并没有出版过任何畅销的作品，但别人介绍我的时候总是会提到"这个小伙子出版过自己的作品，平时喜欢写点东西"。

有人好心，追问我出版作品的名字，我明知道回答完后99.9999%对方都是一头雾水，从未听过，但我总会补一句："没事没事，争取以后能写出让大家听过的东西。"

我心里一直知道——写东西对我来说，并不是为了让人知道，而是为了让我区分自己和其他人。

也因为"这个小伙子喜欢写点东西"，所以周围的人但凡有任何需要写文字的东西，都会来找我。

我帮写过晚会主持人的串词、脱口秀的脚本、新节目策划案、单位晚会的小品、个人年终总结、婚礼新郎新娘的表白词、节目宣传片的文案、宣传稿件、年会歌词，还时常帮人起名字……回想起来，我帮人写过的东西真是五花八门，应有尽有。

一开始我还婉转地拒绝："不好意思，我只会写一些散文什么的，都是记录自己的故事和感受……恐怕你的东西我不了解，也写不出来。"

对方却一屁股坐下来："没关系，我跟你说说，你不懂就问我，我说清楚，你就应该知道了。你会写东西就肯定能写出来。"

后来就想，也对，反正我对写东西也没啥高追求，也不存在什么精神洁癖，人家看得起我才让我帮忙，那我尽力就好了。

要写婚礼告白，那就去采访新郎新娘，自己在家给新婚夫妻写稿写到泪流满面，左手写给右手，自己写给自己。

要起名字就开始查字典，研究每个字的含义，五行查询网站安排得清清楚楚。

写节目宣传片的文案一定要对仗，要押韵，要磅礴。

正因如此，后来我进入工作岗位之后，但凡有任何涉及写的工作，没人愿意做，我就说自己来。久而久之，所有与文字打交道的工作全交给我了，他们说："反正刘同在，他都能写。"

我自己心里很清楚，管他写得好不好，但是能抢到那么多机会，也就显得我很重要了。

因为什么都写，我就慢慢明白了，原来什么都可以写。

热闹的时候，可以写热闹。

孤独的时候，可以写孤独。

无聊的时候，可以写无聊。

不知道该写什么东西的时候，可以写自己不知道该写什么东西。

每个人都期待能在这个世界上遇见一个完全懂自己的人，能让自己彻底放松的人，在这个人面前可以不撒谎，可以发脾气，通过这个人来看最真实的、自己都不了解的自己。

慢慢地，我就知道了，这样的人恐怕很少存在，但这样的事物是存在的，于我而言，就是文字。

任何心思不想留在情绪里，就翻译成文字，留在文档里，然后一键从脑子里删除，不占据内存，不影响心情。

因为得到了文字的慰藉和陪伴，就想着能不能回馈它。

比如希望它不仅出现在我的电脑里、博客上，也能出现在更重要的地方，被更多人看到，算是我为它尽了一次力。

多年前，上海有个很厉害的周刊，我和编辑认识很久了，他突然问我能不能开一个都市情感的专栏。

我当然乐意。

他说他打算找四位作者写四个专栏。

我立刻想到了一位相识的知名女作家，就给他推荐。

编辑一听也觉得好，但有些担心女作家的稿费会超过他们的预算，拜托我去问问。

当时专栏的预算是五毛钱一个字，一篇周专栏大概1000字左右，就是500块稿酬。

我去问了之后，女作家的专栏稿酬是一块钱一个字，也刚好有时间可以接。

为了让她愿意加入，我就跟编辑说："你可以把我的稿酬给她，这样她的预算就刚刚好。"

就这样，我一直写了两年，直到周刊改版，撤掉了专栏。

某天，女作家给我打电话，问为什么我要把自己的稿费让给她。

她刚刚才听编辑提起这件事，特别愧疚，觉得似乎伤害了我的权益。

我只能跟她道出了实话："如果我的文章能和你的出现在一个版面里，对我来说应该是很大的激励吧。我担心稿费不够，你会拒绝写这个专栏。"

她哭笑不得："你是不是傻啊……"

现在想起来，虽然那时每个月2000块的稿费对我来说确实不菲，可也无法让我的生活腾飞，发生质变。但如果我的文章能和这位女作家放在一个版面上，却能让我拥有强大的信念感，这个对我来说可能更重要吧。

信念感真的很重要。

在长沙读大学的时候，得知刘墉老师来新华书店做签书会，我兴奋得一夜睡不着。

因为父母都在医院工作，家里很少有课外书，最多的便是刘墉老师和周国平老师的书。

也正是这两位作者的书让我开始思考"我是谁""我长大了想要做什么""我又能如何去做"这些问题。

终于有机会见到刘墉老师了，我特别兴奋，签书会早上十点开始，我九点到的，前面已经排了好几百号人了。

我一口气买了他的四本书，边看边排队。

快轮到我的时候，我才知道，因为人太多，书也太多，刘墉老师每次只能签一本书。

他帮我签书的时候，我就呆呆地看着他。

我在想为什么他能写出那么多东西，他写了那么多文字帮助到了我，我很想感谢他。

很可惜，我就像吞了一个人参果，还没尝出啥子味道，工作人员就拍拍我，暗示我可以走了。

我不甘心，拿着剩下的三本书继续排队，一次又一次，排了四次队，签了四次。

最后一次刘墉老师忍不住了，笑着对我说："小伙子,你来了四次了,你有什么想说的吗？"

我忘记我说什么了，大概是，因为他的原因，我也爱上了写作，现在正在读中文系。

一晃十几年过去了。

一次去西安的大学做校园分享会，彩排时我看见有同学正在换舞台上的条幅，上面写着"刘墉先生"几个字。

我问同学，他们说上周这里的分享会嘉宾是刘墉老师。

那一瞬间，我又想起了十几年前我和他的相遇，很感慨。同事问我怎么了。

我说："十几年前，我去参加刘墉老师的签书会，告诉他我很喜欢写作。过了十几年,我们终于在同一个空间相遇了,虽然是一前一后,但我好想把自己出版的书也送给他,告诉他,我依然还在写着,还在跑着。"

人与人的相遇就是那么离奇,哪怕仅仅只是靠近,就能产生巨大的能量,一直走下去。

My Everyday Life

Chapter 15 没被看见的日子，我在干什么呢？

大概在十年前,我和一个朋友相约小聚。

朋友也是一名作者,出版了不少作品,但我和他一样,都属于"非常不畅销,但又非常喜欢写"的作者。

我跟朋友抱怨:"唉,跟出版社打交道好难啊,刚和编辑聊完书稿的意见,转头就要为自己谈版税和印数的条件,本来就没什么话语权,还要假装自己很懂的样子。如果有一天我不再出版作品,一定不是因为我写不出来了,而是我不想再和出版社谈判了,心好累。"

朋友说:"所以我就根本不谈,交给一个朋友帮我去谈了。反正她也是做图书引进的,平时也和出版社打交道,就顺便帮我谈了。"

我:"你居然有经纪人,羡慕。"

朋友:"如果你需要,我也可以把她介绍给你,你们定一个分成比例就行。"

我:"我的书,版税和印数都很低,我就算把版税全部给她,她也看不上吧。"

朋友笑了笑:"我应该是出版界的地板了,你不会比我更差的。"

我:"那我应该是出版界的地下室吧。"

说罢,我和他都很惆怅地看着餐厅外的车水马龙,各有心事,我俩对视一眼,笑起来,应该是撞了心事——我们何时才能被人看见呢?

现在想起来，为了被看见，我真是跳起来跟世界招手，大喊："我在这里，你们谁能瞧我一眼？"

记得大学刚毕业那会儿，写了一本小说，给很多出版社寄过去，都没有回应。

然后听人说，很多出版社的编辑都驻扎在天涯论坛，我立刻就注册了账号写了一个帖子，内容大概是：某大学中文系男同学，写了一本校园小说，情节跌宕，文笔幽默，可以不要稿费，欲寻求出版。

那时打开任何屏幕，全是韩寒郭敬明的头条，校园题材的作品热得不行。

我得意地点了"发送"。帖子出去的那一刻，我想，我连稿费都不要，肯定会有很多出版社抢破头吧。

第二天一早，我就去了网吧，心情忐忑地登录账号，看看是否有出版社的编辑老师联系我。

那时的网络远不如现在先进，进了论坛，我找不到自己的帖子，我以为是被管理员删除了，往后翻了几十页，才翻到自己的帖子，点击进去，一个留言的都没有，特别孤独。

大概是太想被看见了，沉到海底一万米的我依然没有气馁。

我又注册了几个小号，开始了"自救"，现在想起来，真是愚蠢又可笑。

所谓的自救不过是自己开始给自己留言，因为只要有人留言，这个帖子便会回到首页。

第一个小号留言："真的吗？楼主，可以给我看看你写的一些文字吗？"

然后我就用大号回复："没问题，给你看5000字。"

于是就回复了5000字。

然后第一个小号就回复："哇，写得真的很好，还想看后续呢。"

大号就继续："谢谢你，我很开心。"

然后第二个小号又留言:"确实不错,如果我是出版社的编辑,真的是捡到宝了。"

于是我就自己和自己聊天,半个月过去了,那个帖子除了我自己,几乎没有任何人进来,更没有编辑来联系我。

同学问我:"你每天都往网吧跑,是不是网恋了?"

我:"啊哈……"

像被人从喉管硬生生倒进去一壶悲凉。

是啊,我和自己的这场网恋,应该算是失恋了。

后来终于有幸出书了,但因为发行量太少,很多书店找不到自己的书。

我就会跑去前台问:"请问有刘同的书吗?我很喜欢他的书,能进两本吗?"

如果一个书店真的有我的书,我就会自己买一本,以免没人买,书店会对它失去信心。

我还做过更傻的事——如果进了书店,看见自己的书在角落里,就会偷偷地把它们拿出来放到更显眼的位置。

后来渐渐有了一些读者之后,他们也会帮我干这件事情,然后告诉我:"同哥,我今天帮你把书放到了最中间的地方,希望更多人能看见你。"

真的让我觉得好暖……但读者和我一样傻,就算拿了出来,被盘点的店员发现,又会被放进犄角旮旯。

上个月,因为在筹备一个青春电影的剧本,就去同学任职的高中旁听了一天的课。

走的时候,一个同学追到走廊上问我:"同叔,我想问,在你不被大家认识的时候,你都是怎么过的?我现在觉得生活好无聊,成绩好是别人的,家庭好是别人的,恋爱是别人的,我觉得自己和他们不一样。"

他的问题既羞涩又笃定，我反问："那你以后想干什么呢？"

他说："网红吧。"

我俩都笑起来。

他笑的原因可能是怕我瞧不上，我笑的原因是我最近一直在被同事催着拍视频，发各种自媒体。

我说："当网红没什么不好，门槛低，人人都可以尝试，但你确定你能成为网红吗？你知道成为网红需要什么条件吗？"

他说："知道啊，长得好看，或者有一技之长。"

他看我没说话，继续说："我显然不属于长得好看的，但我喜欢跳街舞。"

话还没落音，他就后退了几步，在走廊上当着大家的面跳起来，几个动作干净利落，同学们给他鼓掌，我也被震撼到。

"跳得很有魅力啊，那我稍微纠正一下你的概念。你不是想做网红，而是想做一个跳街舞很厉害的人，只是你用视频分享了你的日常和你的积累，有可能吸引到很多喜欢街舞的人，然后你才成了一个网红。网红不是目的，网红只是结果。"

他想了一会儿，然后很开心地跟我说懂了。

他害怕跟别人说他想当网红，其实他真正想做的是跳街舞。

"你千万不要被自媒体绑架了，你先把你擅长的事情做好，拍摄视频只是延伸。"

从学校出来，朋友问我："你是不是快被自媒体逼疯了？"

哈哈哈，不小心被朋友看穿了。

自从各种自媒体开始流行，微博、抖音、小红书、快手、b站、视频号……每个普通人都有了大量的发声渠道，好像不入驻，不占领那个地方就会被淘汰，会落后于时代。

这两年间，我自己都记不清和同事开了多少关于自媒体内容的会了，每次开完会都兴致勃勃，坚持更新了一段时间之后又泄气了，泄气的原因也很简单，每次录制视频都要花时间，每次视频的内容也都要花上一整天的时间去准备。

以前写书，每天写几百上千字，不用给任何人交差，一年之后整理修改，便是一本自己拿得出手的心水之作。

甚至我的日常工作是制作电影，从一个概念，到一个故事大纲，到和编剧聊出具体故事，再到分场剧本，再到详细剧本，再到导演分镜头脚本、组建拍摄团队、勘景、演员征选、围读剧本、表演培训、正式拍摄、剪辑、后期制作、过审、宣传、上映。这个过程快的话也需要一年半，慢的话三五年也是常有的事。一步一步，得以呈现。

所以无论是日常工作，还是写作，对我来说似乎都是可以慢慢磨、慢慢来的事情，可一遇到自媒体，好像生活节奏完全被打破了，必须每天都要输出，每天都要被更多人看到才是标准。

我跟同事说："如果真的要做好自媒体，我只能花更多的时间才可以。但我现在根本做不到，我还有更重要的事要做。如果我把全部的时间都花在了自媒体上，那我就变成了一个没有任何爱好、工作、特长的人了，我会变成一个'全身心为自媒体奋斗'的人。"

我认识好些朋友，他们就是"全身心为自媒体奋斗"的人。

他们全情投入，都做得不错，在不同的自媒体成了大号。

但问题也随之而来，因为出过上百万的点赞视频，收获了很多粉丝，所以就每天都想要更高点赞的视频。一旦点赞低了，整个人的心情都会受到影响。

久而久之，很多朋友会因为内容创作而崩溃，陷入自我怀疑，也会因为内容创作和人设定位与团队争吵散伙。

一个在抖音有500万粉丝的朋友前几天给我打了一个电话，问我他该怎么办。

我笑起来："你问我？我自己都不知道该怎么办！"

他说:"我每天都在绞尽脑汁想创意,就希望能维持住点赞。其实这些东西一点都没意义,我自己都不会再看第二次,我甚至都不会拿给我的小孩看。我也不知道这么走下去,我到底是会更受欢迎,还是又被其他人给取代了。很多人劝我赶紧变现,趁还有粉丝赶紧直播挣钱,可就算能变现,那未来三年五年十年,我该怎么办呢?我还能做些什么呢?"

听着他焦虑的语气,我只能往好了说:"凭自己的实力挣钱,无可厚非。挣到钱,当成第一桶金,再去投资。三五年后,你也该上岸了。"

朋友:"恐怕你忘记了,正因为我投资失败,我才来做自媒体的。好羡慕你,有一个地方可以上班,还有一个自己喜欢的爱好。"

我说我也很羡慕你,有那么多时间可以运作自媒体。

我俩不约而同又叹了一口气,这口气和十年前我跟那个作者朋友的念头一样。

那时,我们希望能被人看见。

这时,我们希望每天都能被人看见。

看似我们的目标一直没有变,但其实,我们的目标早就变了。

同事对我说:"现在人人都在自媒体发力,如果你不被人看见,就是被淘汰了。"

所以相当长的一段时间里,我处于焦虑中,有时我和编剧们开完会,情绪立刻就开始低落,编剧们笑着问是不是又要弄头发了?打灯了?又要写稿子录视频了?

后来我去拜访了一位弃用手机的朋友。

两年前,她从大城市离职,搬回了湖南老家的村子里,开始学习一直心心念念的水墨画,家里唯一能与外界联系的工具,就是一个固定电话。

我说我烦得不行,想去你那住两天,和你聊聊天,顺便欣赏一下你的水墨画。

她很欢迎,唯一的要求是:别用手机。

时节已过冬至,她在堂屋的火塘里用木炭生了火,铁架上煮了一壶白茶,咕噜咕噜冒出腾腾热气。

她的长条桌正对着屋外的群山,桌上铺着宣纸,旁边是画笔、墨、喷壶。

我看她放在旁边架子上的画都是各种山,就问:"咋了,只画山?"

"嗯,每天就画眼前的群山,别以为它就是这个模样,我每天看到的景色都不同。有时晴朗,群山通透,但多半时候云雾缭绕,山形若隐若现。除了天气的变化,时间不同景色也不一样,我最喜欢黄昏时的群山,层层叠叠干湿浓淡,对于用墨就是一种挑战。"

"光听你说这些,我脑子里就满是画面感了。"

"没有真正学习水墨画之前,我一直以为技巧是最重要的,但来了这里之后,我才真正意识到我喜欢水墨画的原因是因为意境,是因为审美。"

说着,她便上手泼墨开始画起来,近山浓,远山浅。

拿出喷壶喷的时候还会笑着说:"我都是直接上嘴吐的,但你来了,我多少保持一点矜持。"

看她投入的样子和宣纸上渐渐成型的群山,我第一次近距离看到了墨分五彩的意义,理解了焦、浓、重、淡、清的区别。

我蹲坐在火塘边喝着茶,看着她全情投入地作画,感觉到了莫名其妙的快乐。

一切情绪都是流动的、和谐的,没有任何声音、动作去打破此刻的宁静。

没有微信提示声,没有短视频"哎哟,我的妈"的特效声,没有不停往上划动的焦躁感,这里什么都没有,却感觉到了自己的存在。

脑子里突然出现了一个比喻:此刻安静惬意的生活像是一幅有意

境的水墨画,而彼时城市里忙碌急躁的追逐感则像是精心扣合的乐高拼图。

我住了两天,没有和朋友聊我任何的焦虑。

因为我看她作画的样子,那些问题便已经有了答案。

如果说以前没有被看见,我的做法是努力去做自己喜欢的事,慢慢地积累成型,自然会吸引到对你感兴趣的人。你不需要吸引所有人,只需要吸引同类人,哪怕一位都是有成就感的。

而现在如果依然焦虑,那就找一件事,读书、看电影、作画、谈一次恋爱、运动……什么都行,只要能让自己安静下来就行。

放下手机,少去对比,努力往自己浑浊的生活里投一块明矾,让杂质快速沉淀,让自己变得清澈,一切都迎刃而解了。

回程的时候,打开手机,好多信息涌入。

其中有一条是同事发给我的:"同哥,下周要发的视频今天要录给我了。"

我回:"如果你不介意的话,我就不打灯不戴麦不找角度了。我现在正在大巴车上,可以立刻录给你,也许不够好看,但我保证我说的东西是我此刻最想说的。好吗?"

Friendship Blossoms

Chapter 16

就算没有花束般的恋爱,
有花束般的友情
也是好的

Friendship Blossoms

一天，我终于完成了新书的全稿，点击发送之后，就给小江发了一个信息。

"我终于完成新书的终稿了，我超开心，你呢？最近开心吗？"

他回我："不怎么开心，我打算从大学辞职了，回老家创业。"

他又补了一条："你支持我吗？"

我一惊，以前他的回复都是"蛮好的，都在掌控之中"。

我立刻问："你不是刚评上副教授吗？"

小江："就突然回望了一下，觉得这不是自己想要的，以后就算评了正教授，过程也肯定是自己不那么喜欢的，所以趁还能折腾再做一些自己想做的事情吧。反正我有的是和世界对话的能力。"

看着最后那句话，我拿着手机笑起来，和小江约定等我回老家的时候再好好聊聊。

小江是我认识了二十年的朋友，说好友算不上，但我和他确实也共同拥有过一段短暂的死党时光。

我们高中不同班，并不熟悉。

大学假期，同学聚会时听闻我和他都在努力发表文章，同学说我俩应该切磋交流。

小江在西安读大学，我在长沙读大学，初次见面，彼此都有些瞧不上对方。

这种瞧不上不是文人相轻的那种实质性的瞧不上,而是我看他油头粉面,梳一个锃亮的发型,觉得他哪里会把心思花在写作上。

他看我穿得花花绿绿,耳朵里从头到尾都塞着耳机,像戴了个助听器。他觉得像我这样的人,不过是把写作当成了拗文艺青年人设的背景道具。

"你都在哪里发表过文章?"

"一般都是省级报刊吧,你呢?"

"我?都是一些全国性发行的杂志。"

听听这种幼稚的对话,根本不想了解对方写过什么,只想知道对方通过自己的努力够到了什么。所以我俩对彼此的瞧不上,还是有些道理的。

"噢。你的杂志的名字我好像没有听过。"

"他们的稿费还蛮高的。你的报纸湖南应该看不到吧?"

"网易163的新闻网站可以看到电子版。"

又是一轮溢于言表的互嘲。

"你俩聊的我们都听不懂,我们去打台球了,你俩继续。"几个朋友撤了。

我俩没说话,都略带尴尬地笑起来。

我想了想,把耳机摘了下来。

"你不摘我还以为你戴着助听器呢!"

"人一多,我就想戴着,有安全感。"

"你会放音乐吗?"

"不想听对方聊天就调高音量。而且配合着不同的背景音乐听别人讲话,感觉也不同。"

"刚才聊天的时候,你听的是什么歌?"

"宇多田光、R&B(节奏布鲁斯),所以刚才咱俩的聊天格外有节奏感。"

"新专辑？我最喜欢 Can You Keep a Secret (《你能保密吗》) 和 Distance (《距离》)。"小江笑起来。

我掏出 CD 控制器的液晶屏看了一眼，正在播放的歌曲是 Distance。

"你喜欢她？"

"那首 First Love (《初恋》) 我听了不下 1000 遍吧，然后就全部会唱了。"

那首歌我也听过很多遍，尤其是写东西的时候。

我正这么想着，小江径直用蹩脚的日语唱了起来，声音超大，完全不顾忌旁桌的眼光。

朋友打完一局桌球回来，我和小江聊得不亦乐乎。

他们一脸惊呆："你俩刚才不是还互相瞧不上吗？"

"一拍即合的友情总是带着陷阱……"我说。

小江立刻接下去："不打不相识才符合逻辑。"

我很清楚为什么我会喜欢和小江聊天。

因为曾独自花了很多时间沉浸在某种氛围和细节里，所以非常清楚地知道内心流动的感受，突然有一个人也描绘出了一条和自己类似的心灵之路，就立刻会觉得"原来，我以为的孤独并不孤独。虽然我们不认识彼此，但在不同的地方，我们有着同样的感受"。

多年后看电影《花束般的恋爱》时，每一次都被男女主角的巧合击中内心，纵使他们最后没有在一起，但在那么多平行的时空里，他们就是同一个人。这种感觉不分性别，不分年纪。

那天之后我和小江就成了朋友。

在与小江成为朋友之前，我一直觉得自己不太会交朋友，所以我交朋友的结果都不尽如人意。

很长一段时间，我觉得要主动交往的朋友，都应该是对方很优秀的那种，我要朝优秀的人靠近。只是当我靠近那些优秀的朋友之后，我和他们的聊天、相处、交往都非常不自然，像个小跟班。

抱着目的的交往，总不如发自内心来得自然。

而小江第一个让我觉得——原来这就是好朋友。

我通过和他聊天来认识自己，我在他身上看到了自己的影子，我们就像共用着同一对触角，分享着彼此对新世界的认知。

我和小江的聊天无须开场白，也不需要对某个话题假装有兴趣，喜欢就说喜欢，不喜欢就听他说他为什么不喜欢。

小江为我敞开了他的世界，我的格局和眼界一下就打开了。

我并不是指小江懂的东西比我多很多，而是他让我敢于说出自己的想法。

也因为和小江相识，我才知道原来自己有那么多的想法，只是在他面前我不怕被他嘲笑为傻子。

我们把曾经只敢藏在心里一瞬间的东西拿出来讨论，才发现原来一切的存在都有它们的意义。

他会在看着书的间隙，突然问我："给你多少钱，你会裸奔？"

我一愣："我为什么要裸奔？"

他很认真地看着我："你不要下意识为了维护尊严而反驳我嘛。说真的，你认真思考一下，如果我给你10万块，你愿意裸奔吗？"

那时我大二，发表一篇文章才30块钱，为了发表文章，投了很多稿，收到很多退稿信，给各种编辑部打了很多电话，遭到了很多拒绝。尊严这件事，有是有，但好像也没那么多。

我就反问："在哪里裸奔，周围人多吗？"

小江："火车站广场。"

我："说实话，如果在火车站广场上裸奔，你给我1000块其实就够了。"

小江："那哪里会更贵一些？"

我："我们学校的广场，因为好多熟人。"

小江："那你需要多少钱？2000？"

我非常认真地思考了这件事情所带来的影响，回答他："估计10万也不行。"

小江很好奇，把书放下来，要和我讨论这个问题。

我继续解释："如果我为了10万块做了这件事，我大概会成为我们学校上下三届一直被议论的对象，这件事情起码会影响我十年。而这十年，是我应该很努力工作的时期，我不希望外界对我先入为主的评判影响我的努力，而使我失去我本应拥有的机会。十年之后，我30岁，我应该能挣到比10万更多的钱了。所以我不会为了这10万而丢掉自己最珍贵的人生。"

小江不死心："100万？在你们学校广场？"

我摇摇头。

小江："500万？"

我衡量了一下，点点头。

小江："原因是？"

我："我觉得大概可以拿出100万来打广告，说我参加了这么一个赌局，为了赢钱所以我就豁出去了。只要大家不把我当疯子，应该也可以。"

我："那我再问你一个问题吧，给你多少钱，你愿意吃屎？"

小江很认真："什么类型的屎？"

大三的时候，我们都有了自己喜欢的人，还约好四个人一起出去旅行。

许久没有联系后，他突然给我甩来一个信息："你是不是分手了？"

我那段时间确实处于分手后的反省期，反省的结论是：我现阶段没有任何恋爱的优势和资格,不能因为大家都在谈,我就跟风,应该把时间花在自己身上。

我也没有隐瞒,直说了自己的处境。

小江说也好,希望你能早日实现自己进入传媒行业的梦想。

我问他怎样,他先发来一个"哈哈",然后说他也分手了。

我问原因。

小江:"掐指一算,你被甩了,我觉得我不能独美,要配合你的处境,才算得上好朋友嘛。"

临近大四,我一直在电视台实习,而小江决定要考北京师范大学的中文系研究生。

我们相互鼓励。

那时我的一篇文章被《青年文摘》转载了,而他的一组诗歌被《读者》转载了。

我们都为彼此高兴,但又都很贱地比来比去。

他问我:"是不是看《读者》的读者比较多?"

我问他:"我那篇文章的字数是1500字,你一组诗歌超过200字没有?"

虽然我们还是像第一次见面那样聊天,但我俩都知道我们其实都在为彼此开心,而且最妙的那种感觉是:好像拥有了双倍的喜悦。

甚至可以大言不惭地说:"没有我,哪有他?"

我俩养成了一个默契,但凡谁写完一篇东西,无论多晚,都会发信息给对方:"睡了吗?"

这三个字代表的意思就是"就算睡了,只要还醒着,哪怕被吵醒,也请起来嗨,听我念一下这篇极有可能名垂青史的文章"。

通常我们就会通很长时间的电话,一方念,一方听。

我认识的很多作者都喜欢把文章发给别人,别人一口气读完之后再反馈意见。

不知道是不是受了小江的影响，我更喜欢别人在阅读的过程中给我更及时的反馈。

我和小江就是这样。

当他读他的文章时，我会不停地打断他。

"营生见荒"这个词用得真好。

"一片兵刀狼烟"这个形容也很棒。

哈哈哈，这里的对话很好笑。

哎呀，突然感动，我要哭了。

"流言传得人心惶惶，于是我提心吊胆地问长辈"中间的"人心惶惶"是不是改成"沸沸扬扬"更好些？因为后面接了一个提心吊胆，感觉有点同质化。

就这样，我们看双份的书，写双份的文章，发双份的刊物，这样的时间持续了三年，我们都以为我们会这么一直下去。

小江考北师大中文系研究生连考了两年都只差一两分，家里不允许他考第三次了，要求他立刻工作。

我们通电话的时候，明显感受得到他的力不从心。

"还打算考第三次吗？"

"不知道，很迷茫，觉得自己什么都不行。"

小江已经不写东西了，他说自己心乱如麻，写下来的东西也如同嚼蜡。

而那时的我在电视台工作一年后，也迷茫，决定去北京闯一闯。

我说："我在北京等你啊。"

他干笑了一下，什么都没说。

我们在电话里沉默了一会儿，我不知道如何安慰他。

努力了一整年，得到了一个否定的结果。如果分数差太多，放弃就放弃了，偏偏他的努力让他看到了希望，却又不让他到达，像海市蜃楼。

"我想想,这么下去不是办法,我确实需要找一份工作让家里人闭嘴才行。"

到了北京之后,我的雄心壮志瞬间就被北方沙尘暴给掩埋了。

日复一日地加班,看不到尽头的模样。

一起去北漂的朋友也散了;和同事也并不亲近;领导有自己的小团队;住在一套旧民居的二楼单间。

我和小江已经很少通电话了,可能我们都刚刚才见识到生活真正的面貌,少有喜悦,并无新鲜,日光里飘着尘埃,底片泛黄。

举起电话,没有任何分享和交流的意愿。

那就发个信息吧。

"一天又结束了,今天似乎并没有什么起色。"

"嗯。"

一起闹海的两个人,看着彼此在相隔千里的阴沟里慢慢溺水,却无力施救。

想为对方大喊一声"救命",却发现自己被困在梦里。

这梦,这人生,这命运,再也没人能在深夜里去读那些文字排列出来的美好了。

那随心所欲的时光,肆意妄为的嚣张,原来都只是纸上一擦就掉的年少荒唐。

才二十五岁的我,就开始习惯性地回头望。

如果能看得到前方,又怎会不停地回头望?

叹了一口气,继续写吧,哪怕失去了小江的阅读,我也要坚持写下去。

我深知,如果我连写东西的习惯都丢了的话,我不仅会丢掉自己,我也会彻底失去小江。

我以为,他迟早会回来的。

但他没有。

也是那一年,我写了三年的小说终于被榕树下出版了。

我收到了编辑给我寄来的第一本样书,我看了又看,捧在手里,放在枕头下,我突然觉得我的未来是有希望的,我看到出口了。

虽然很舍不得,但我依然在扉页上写了一段话:

小江,如果没有你,我走不到今天,也出版不了这本书,希望我们能一直这么坚持下去,成为我们想要成为的那种人。这是我人生收到的第一本书,我相信以后我还会出很多很多本书,希望这本书能给你带来力量。

刘同

2004年7月

认真写完之后,我想立刻把这本书寄给小江,给他一个惊喜,我相信他一定会因此而开心的。

我问他:"你的邮寄地址还是这个吗?我要给你寄一个东西。"

过了很久,他才回:"不是了,我搬走了。"

我一愣:"你不考研了?"

小江:"不考了。"

我:"那你?"

小江:"和考研培训中心的人混熟了,就加盟当讲师了。"

我:"你自己都没考上,还去教别人考研?"

小江:"分数摆在这儿呢,起码还是有点说服力的。好了,不说了,马上就要关手机封闭式培训了。"

那本书最终没有寄出去,他已经做了决定,放弃考研,也不再写作,这本书再出现的味道应该也变了吧。

我一直算着小江封闭培训出来的日子，一周？半个月？一个月？三个月？

他一直没给我信息。

难不成他被判了无期徒刑？

我不知道他过得怎样，但我因为出版了第一本书，有了这一点点的光，得到了喘口气的机会。

虽然书的销量不好，但因为一直写着，所以也都会有出版社愿意出版。

我便把心里所想借着文字的方式，一直与世界进行沟通与表达，这是我找到的最舒服的方法。

多年后，当我看到毛姆写自己第一次看到高更的作品，和高更说的那番话，便想到了我和小江。

我俩也曾讨论过：似乎每个人都有自己独有的与世界沟通的方法，有些人是做菜，有些人是唱歌，有些人靠文字，有些人靠舞蹈，炸油条的，卖猪肉的，做寿司的，修锁的，会算账的，做手术的……这些人都没有区别，他们只是找到了自己最擅长的方式，告诉世界，自己是一种不拧巴的存在，我在干这件事情的时候最像我。

那时我还很疑惑地对小江说："你看我天天听音乐，花了好多时间，你说这有啥用咧？难道听歌是我和世界沟通的方式？"

小江想了想："总会派上用场的。"

一直到十几年后，我在制作自己小说改编的电视剧时，里面要用很多歌曲，我就把所有的歌曲的风格、感受一一列出来，和制作人彻夜探讨，邀请不同的歌手，最后做出了一张原声专辑。直到那时，我才意识到小江说的"总会派上用场"是这个意思。

只是我不知道，那个和我说出很多道理的小江，是否又找到了他和世界沟通的方式呢？

当我和小江断交半年后，我突然觉得自己不应该再和他联系了。

人与人的关系，有很多个临界点，靠多近，离多远，说什么话，办什么事，虽然谁都没有明说，但那条线就在那儿。

于是曾经每天都要聊天的我们，在半年没有联系之后，我也决定不再惦记了。

很快我就三十了，那天生日并不开心。

虽然工作有了起色，但存款少得可怜，不到2万。

我突然想起以前小江说给我10万问我是否愿意裸奔。

我当时拒绝了他来着，还信誓旦旦地说，等我三十岁的时候存款肯定不止10万。

我突然笑起来，周围的朋友问我咋了。

我说以前有10万块摆在我的面前，我没有珍惜，现在有点后悔。

我突然很想小江，就给他发了一个信息，没回。

再打电话过去，已经是空号了。

我也没想着一定要找到他。

我以为他换号起码会通知我一下。

没想到，我们距离已经那么远了。

再见小江又是两年后，离我们上次见面已经过去了七八年。

遇到他的时候，是在三里屯的电影院。

我正在取票，他排在我后面。

我一转身，看见他，还是以前的样子，一点儿都没变。

我俩都喜形于色，惊呼："你怎么在这里？"

惊呼完之后，两个人都有点尴尬，尴尬的点来自：那么多年了，我们不应该假装生疏一点吗？

我俩都约了朋友看电影，但实在是有太多问题想要问了，就都放了朋友鸽子，两个人找了旁边的一家小酒馆聊起了天。

小江在考研培训机构工作了三年，兢兢业业，工作出色，录取率高，很多学生因为他来报名，老板就想把他纳为合伙人。

小江拒绝了，三年里，他省吃俭用存了一大笔钱，多数给了家里，少数留下来继续三战考北师大。

"考上了？"我着急问。

他点点头。

我鼻子一酸。

"我没日没夜挣了三年钱，挣得不少，给了家里，是告诉他们我能挣钱，但这不是我向世界证明自己的方式。"

他说完这句话，我立马抬头看着他。

他接着说："我看《月亮与六便士》的时候，毛姆说高更不适合画画，那不是他的表达方式，虽然那句话他说错了，但我看的时候很感慨，就想到了当年咱俩的聊天。"

我抹了一把眼睛，害怕眼泪掉下来。

原来我们在不同的环境，不同的时间，依然想着同样的事情，哪怕我们渐行渐远。

"那你现在呢？研究生应该毕业了吧？"

"嗯。"

"那你现在在做什么？"

"你猜。"小江摇头晃脑。

我看着他的打扮，不像公务员，也不像在公司上班。穿了一件风衣，戴了一副金丝边眼镜，头发依然毫不凌乱。你说他是学中文的，我依然不信。像个出版社的编辑。

"猜完了。"我说。

"你猜错了。"小江回。

"你咋知道我猜错了？"

"那你猜的是啥？"

"我猜的是从事与文字相关的工作,编辑啥的。"

"就是错了嘛,我后来考上了本校的博士,现在博三,应该会去别的大学当老师。"

原来,担心对方溺亡的日子里,我们都在潜水。

好多话想说,又不知道从哪里开始能更得体。

我俩看着对方笑,觉得时间好快,但对方看起来都还蛮好。

小江先说:"你的每本书我都买了,每篇文章我都看了。我特别高兴的是,你写的东西里一直有你,我完全可以感受到你的情绪波动,就好像你在电话里跟我说话一样,所以我一点都不担心你。"

"那你还在写东西吗?"我问。

"不写了。其实我老早就发现,写作只是我想证明自己能力的方式,而那是你证明自己存在着的方式。也不怕你笑,除了能接受你给我写的东西提意见之外,别人提的意见我都不能接受。但你不同,你越挫越勇,因为你根本不在意那些。我太在意它了,迟早会摔倒,不如趁早放弃。"

"这种说法还是头一次听到,长见识了。还挺可惜的。"

"没什么可惜的,任何花了时间的东西都会派上用场的,我现在写论文和研究报告就比一般人顺手,也得益于当时的锻炼吧。"

我俩一直聊到酒馆打烊,就像当年一样。

一晃又好几年过去,我常年出差,做着常被打击却又很快能鼓起勇气的事。

小江就在大学一边教书一边申请课题,写各种论文,从助教到讲师再到副教授,一路晋升,干得很不错。

我们问对方最多的几个问题是:

怎么样,最近开心吗?

此刻的开心是自己的能力能控制的吗?还是掌握在别人手里?

如果很开心，这种开心能持续下去吗？

如果不开心，这种日子能看得到头吗？

我们不厌其烦地回复着对方的提问，用来警醒随时可能会被惯性麻痹的自己。

直到小江在文章的开头说："我要创业了。"

我一点都不担心他，这一路走来，他只要决定去做一件事，都能把事情干得很好。

哪怕他今年也已经四十岁了。

想着，我去书房的书柜里抽出了十几年前就要送给他的我的第一本书。

翻开扉页，上面依然字迹清晰地写着当初的那段话。

想着，我又在底下新补了一段。

如今，我俩都用时间证明了我们有与这个世界沟通的能力，我会支持你的。

无论是2004年的我，还是2021年的我，都会支持你。

刘同

2021年10月27日

快递取走后，我发了条信息给他："我给你寄了一份礼物，虽然迟到了十七年，但这就是我对你创业的态度。"

I Want
My Life
To Be

Chapter 17

我想
过自由又热烈的人生

I Want

到北京工作之后，就很少回长沙了。

长沙是我大学四年又工作两年的地方。

所以只要一回到长沙，内心就莫名兴奋。

每每坐在出租车上，经过某个地方，我就对身边的朋友说以下的内容：

"我曾经一个人走在这条路上，很想努力挣钱在这里买房子。"

"我和一个很喜欢的人步行走过湘江大桥，一人一只耳塞，听的是孙燕姿的歌。那时候还以为这段恋情可以坚持三个月，没想到孙燕姿也只让我们维持了一个月。"

"这条路的大树夏天枝叶非常茂盛，我还想过在这里开一家咖啡馆来着。"

朋友看着我："你是一条流浪狗吗？"

"啊？"

"怎么在长沙四处溜达，四处撒尿。"

"那是梦想！！！"

回味了几秒，觉得二十出头的自己确实像一条流浪狗，在这座烟火味十足的城市想找到一处可以歇脚的地方，到处尿，到处都是自己的地盘，多好。

记忆中的长沙,在用自己的袅袅烟火来对抗阴雨连绵,地面上雨水衬出来整个城市的倒影,任何一个剪影都是一篇散文,随手一个长镜头就是一部电影。

相比之下,北京的空旷感让人想到处闯一闯,无论做什么都行,必须要找到自己的存在感。

上海空气里的惬意让人想放空,找到一间不大却舒适的房子,和喜欢的人躺在地板上,好像什么都不做也可以。

去广州出差,湿热一头砸来,整个人都是蒙的,穿个拖鞋、挂个背心、支个摊好像就是全部的世界。

总之,无论在任何环境,好像都能立刻做梦,潜入沉沉暮霭。

以前并不懂"人啊,要随着环境改变自己"这句话。

怎么改变呢?我连自己是谁都不知道,你还让我改变自己,未免也太强人所难了些。

后来慢慢就知道了——生活把你五花大绑扔在一张床上,怎样能入睡是你的事,平躺、侧躺、蜷缩都行,如何折腾着解绑也是你的事,如果能伸手捞着任何一个物件,抱着入睡也不是不行。

改变自己,原来不是让自己变成另一个人,而是让自己的焦虑担心不安,统统都化为心静。

无论你面对怎样的环境,变得安静,才是真正的改变自己吧。

而人为什么要变得安静呢?

因为变得安静,才能入梦。

经过城市英雄——长沙一家很大的电游厅。

大学的时候,很喜欢在学校旁边的电游厅练习"手舞足蹈"跳舞机的游戏,熟练之后就会进城到城市英雄玩个10块钱,在一群陌生人面前展示一下自己。

虽然跳舞很一般,也没什么舞蹈动作,但胜在肌肉记忆好,无论多快的舞蹈,都能一个不漏。

一首曲子下来,别人都是在跳舞,而我像是拿了一把刀在那儿搏杀。

朋友说:"既然你手部动作比较灵敏,不如改玩打碟机吧,花的币少,还不暴露你的缺陷,你玩跳舞机真的是浪费钱。"

我哼了一声:"以后我就来这里兼职工作,请你玩个够。"

我说这句话的时候,我是真的想来这里兼职,靠近自己喜欢的东西,又能工作,岂不是一件很愉快的事?

反正每每心情不好,情绪不高,我依然会买10块钱的币,在城市英雄玩个大半天。

打碟机上有我保持的纪录。格斗游戏一个币可以玩通关,还有人因为见我玩得好,就把币给我:"你玩得真好,你能不能用我的币继续玩,我就想看你玩。"

因此我也萌发过靠打电游养活自己的念头,只是不知道哪里会招收我这样的人,后来还是劝自己脚踏实地一点比较好。

说起来,我喜欢在两个地方观察人。

玩游戏的电游厅和喝酒的小清吧。

这些年每次出差,我都会用大众点评找到当地评价很好的清吧,过去喝上一杯,看看去酒吧的那些人,就像他们也看着我一样。多数去清吧的人只是为了打发那一段时光而已,并没有强烈的交新朋友的欲望,看见和自己一样独处的人,径直过去碰个杯,就能聊起天来。

什么都聊。聊得一般,喝完一杯就走;聊得开心,就相互多请一杯酒。

说再见也不会要求留什么联系方式,以后有缘还能在这里相遇就对了。

我曾在天津出差的时候,在清吧遇见一个大伯,聊起来得知他是台湾人,出生在我的老家湖南郴州。于是我俩就聊起来,他说他小时候跟父母去过一次郴州,印象最深的是那里的腊肉,很好吃,离开之后就再也吃不到那么正宗的腊肉了。我立刻问调酒师要了纸和笔，记下了他的地址，让好友给寄了几条村子里收上来的烟熏腊肉。告诉他，这是放在农村土灶上烟熏了一整年的腊肉，包你有那个味。

我们之后也再没有联系过。

相逢就见欢，离别就遗忘，多简单多自然。

而电游厅相识的人是可以成为朋友的。

谁的游戏打得好，一目了然。

站在旁边待五分钟，就是表达了足够多的尊重与善意。

当你开口问："你好厉害，能教教我吗？"

对方多半会非常害羞地说："还好啦，其实很简单。"

当他说起来的时候，你就知道根本不简单，但他说很简单的时候，你就觉得这个人真不简单。

通过玩游戏，我认识了好多厉害的人，有保送清华的高三生，有建筑公司的设计师，有自创品牌的年轻人。他们总是自己一个人来，我相信我们都不是缺朋友的人，但总觉得玩游戏这件事情理应自己沉浸才好。

当时认识的那些人，到现在过了十几年都还有联系，只是难有机会在老地方约上玩一局了。

有人结婚生子，有人晋升，有人出国念书又回来，有人负责的项目成了全国知名的地标性建筑，无论我们的生活如何改变，我们都还喜欢玩游戏。

能想象吗？几个十几二十岁的年轻人在游戏厅相遇，成了好友，过了十几年，大家都变成三四十岁的中年人后，依然组成了战队，偶尔在《王者荣耀》的峡谷相聚。

我在群里跟大家说："我今天回长沙了，又来了一家新的城市英雄，好怀念当时我们在城市英雄消磨时光的日子啊。居然能一起研究玩游戏的指法，哪些指头负责哪些键，我们却没有一个人成为电竞选手，实在有些可惜。"

建筑师说："没关系，是电竞行业失去了我们比较可惜。"

高三生已经在咨询公司成了高级合伙人，他问我："你还记得你当时给我们每个人送了1000个币的事情吗？"

我当然记得。

因为没有能成功在城市英雄兼职，我心里似乎总有些没有完成的梦想。

后来我进入电视台当记者，负责一档娱乐新闻节目每天5分钟的内容，我就把两期的内容放到了城市英雄拍摄，作为资源置换，城市英雄给节目组提供了好多代币券。制片人看我喜欢玩，就给了我很多，我拿着一大沓代币券分给了我的朋友们，他们吃惊地看看我，我就说："你看，我不兼职也可以拿到福利了，是不是很了不起？"

梦是要做的，万一真的实现了呢？

我做的梦真是千奇百怪，说出来也别笑。

长沙有一个很棒的糕点品牌，每次过端午节的时候，他家的粽子就特别受欢迎，但对于读大学的我来说非常贵，8块钱一个。

每次硬着头皮买一个的时候，我就想："什么时候，我可以一次性吃到饱呢？"

后来也是在电视台，端午节的特别节目，我就去找这个品牌合作，让他们的阿姨教全省人民做粽子，节目结束后，我拖回来两千个粽子，全台员工发完后，还剩几百个，我们节目组就每天吃每天吃，吃到吐了为止。

我读高三的时候，徐怀钰的歌曲给了我很大的动力。

一听就开心，一听就很有斗志。

我就想着如果可能，我一定要当面对她说一句感谢。

没想到她在事业上的发展并不顺利，后来消失了许久，当她决定在上海复出开歌友会的时候，我已经三十岁了啊。

我就跑去上海听她的歌友会，虽然第一句她就因为太久没开歌友会而跑音了，但我依然忍不住飙泪。有生之年，我还能听见徐怀钰的歌友会。

三十八岁的时候，我写的小说改成了电视剧，其中有一集写的就是徐怀钰开了一场歌友会，我决定无论如何都要邀请真正的她来电视剧里开一场歌友会。

然后真的就实现了。

拍摄的那一天，我也没过多说些什么，就去了她的化妆间跟她说了一句："你好，徐怀钰，我叫刘同，是这个电视剧的监制，也是这本小说的作者，你的歌给了高三的我很多的鼓励，非常感谢你。"

说完我就退出来了，真开心，高三时自己做的那个梦实现了。

这部电视剧还完成了我另一个梦想。

因为高中的我很自卑，觉得自己哪里都不对头。

偶像是钟汉良，大概是觉得他总是一副很阳光的样子，所以打扮模仿他，参加班级的活动，也是跳他的舞蹈。

别人说看一个人的照片久了就会越来越像，我就把家里的海报都贴成了钟汉良。

我从事媒体行业后，钟汉良来参加我负责的节目，我鼓起勇气合了一张影，就跑了。

直到这部电视剧剪辑完毕，需要邀请人来唱片尾主题曲的时候，大家说希望能邀请到那种以前很厉害，现在也很厉害，能唱一首歌曲给年轻的自己的那种歌手。

我立马就想到了钟汉良。

然后鼓起勇气写了很长的信息，托人转发给了钟汉良。

顺便也附上了我写的词。

钟汉良同意了。

我们是在台湾拍摄的MV。那天我早早到了,很激动。

MV开头画面,是钟汉良对着录音棚示意他准备好了。

录音棚外,一只手将录音键推了上去。

那只手是我的。

我超开心,和他出现在了一个作品里!

大家笑我幼稚,也觉得我好玩。

"那你还有什么梦想吗?"

"当然啊,你刚不还说我像流浪狗一样,到处撒尿做梦圈地盘吗?"

"咳,快说说,我看看你还能不能实现?"

"我不说了,到时候我实现了再告诉你吧!"

"也行。我们现在去哪儿?"

"去剧组,他们今天在我读书的湖南师大文学院拍摄。"

我在湖南师大文学院中文系读了四年书,我很想用自己的方式来记录这里。

终于,我在工作十八年之后,带着我编剧的电影来师大拍摄了。

这也是当年做的一个梦。

Chapter 18

人啊，
多少得爱着点什么

Gotta Love Something

十八岁离开家乡外出读大学时，完全没想到，之后再难回来了。

为了挣脱地心引力而奋起的那一蹦，倒是成功了，之后好多年飘在地球上空，费尽心力才能回家一次。

双脚站在熟悉的街道，嘴里放入熟悉的味道，一群老友围坐在一起，都让人感到安心。

所以每次回家，我更像是位游客，任朋友们带着我去各种小餐馆大快朵颐。

"就不带你去什么网红店、大餐厅了，我知道比起那些来，你更喜欢不起眼却好吃的小店。"

朋友们都很了解我，我总觉得网红店和大餐厅总是太工业化，里面少了一点真心。

而小店的每位客人都是衣食父母，先无论菜色如何，老板笑眯眯地把菜端上来的模样就能大大地发酵就餐的愉悦感。

这几年因为回家乡的次数多了，去的店也多了，突然就想把这些小店用文字给记录下来。

另外的私心就是如果我的读者某一天来到了郴州，或许也能抽些时间去光顾一下这些小店。

准确来说，裕后街的三佳口味馆并不算小店，它已经稳坐郴州知名老店的位置了。

之所以把它放在第一个写,完全是因为我是看着它一天一天、一年一年做到今天的。

那个最初在北湖路停车场内支大棚的夜宵摊,应该想象不到自己未来能成为一家口碑那么好的店吧。

三佳最早的名字叫敏记耳朵馆,之所以叫耳朵馆,是因为它的招牌菜是一道红油猪耳。

厨师把猪耳朵切得又细又薄,每片都几近透明,一盘端上来,外地人根本看不出是猪耳朵。上面淋了红油蘸料,葱姜蒜一撒,筷子一夹,裹着特制的红油豆瓣辣酱放进口中,又脆又香,味觉爆炸。

去的每桌客人都必点这道菜。

敏记耳朵馆是停车场里生意最好的夜宵摊。

除了口味,老板也是生意好的原因之一。

敏记敏记,大家都称呼老板为"敏姐",敏姐对每个客人都笑眯眯的,像个女菩萨。

最初去的时候,我和朋友们都还是学生,她看见我们就很开心,每次都会多送一两个菜。

敏姐喜欢听我们聊天,只要手上没事,就一屁股坐在我们桌,笑嘻嘻地听着我们聊天。

我们担心影响她的工作,让她不必陪我们。

敏姐很不好意思地说:"没有没有,我就是很喜欢听你们聊天,聊的那些事情都是我平时接触不到的。如果你们觉得不舒服,那我就走。"

我们连忙说:"没有没有,你那么大一个老板坐在这里,我们高兴还来不及。"

说实话,那时的我们都十八九岁,觉得能像敏姐这样开一家夜宵摊,迎来送往那么多朋友,真的是一件很了不起的事情。我们称呼她大老板,不是恭维,而是我们心里的大老板就这样——努力,勤奋,看不见倦怠,和伙计的关系好，一旦有人闹事，她也毫不畏惧，一个人顶上去解决所有事。受了委屈，眼泪在眼眶里转，就是流不下来。

如果我们进入社会能成为这样的人该多好啊，我们感叹。

敏姐连忙说："你们一定比我有出息多了，大学生，见过世面，以后你们每年回来能过来吃一顿，我就很开心了。你们都会比我厉害的。"

我们举起杯子答应她，以后每次回来都一定来看看她。

敏姐一开心就又给我们拿来一些啤酒让我们继续。

有时吃得高兴，一聊天就到了半夜，成了最后一桌。

敏姐困得不行，交代我们："后厨还有几个小菜，你们饿了自己开火炒就行，我走了。"

朋友曾说起过敏姐的情况——很早就离婚了，一个人带小孩，开大排档，很不容易，所以大家也常来照顾生意。

后来停车场拆了，耳朵馆也失去了场地，敏姐就带着员工去承包其他餐厅的夜宵。

我读大学时，她在北湖路；我工作了，她在人民西路；我北漂了，她去了香雪路。

不过无论她去哪儿，她的员工和顾客都一直跟着她。

直到前几年，主打风情旅游的裕后街改建后，整条街空空荡荡，大力招商。第一个开店的就是敏姐，看起来她终于攒够了钱，也终于找到了好的合作者，把名字改成了"三佳"，热热闹闹地开业了。

眼看着这家店靠一己之力带动了裕后街的夜宵经济，现在的裕后街一到了傍晚就人声鼎沸，三佳功不可没。

三佳很多菜都好吃。除了招牌红油猪耳，酸汤黄鸭叫火锅我每次必点，脆皮大肠也是下酒的好菜，但我最喜欢的还是他家的油爆虾，又大又新鲜，蘸料也好。

很认真的敏姐，一直做着餐饮，慢慢地，这些年我发现我身边很多朋友都去过她的店，我就很得意地说："我是看着这家店长大的。"

五里堆路边的小陈餐馆。

如果不是朋友带我去,我在这个店门前来回走一百趟都不会推门进去。

你可以想象一下,五里堆路热热闹闹的街边门脸中一个很小的门面,像个粉店,里面很简单地放了几张小桌子,店招牌就是四个字"小陈餐馆"。

无论如何也不像能招呼朋友们一起吃晚餐的地方。

第一次去,几个朋友把店内的几张小桌子凑起来一拼,大家围着一坐,店就满了。

朋友得意地说:"看,私房菜。我们往这一坐,老板就不用接别的客了。"

老板是一对90后小夫妻,老公负责炒菜,老婆负责接待。

我很疑惑这样的小餐馆到底做了什么菜能让朋友们极力推荐。

直到老板娘端上来第一个菜,它的菜是用大钢盆盛的……

土鸡、猪脚、牛排、土豆排骨、凤爪……每个菜都放在大钢盘(盆)里,分量很足,口味很好。

吃过一次之后,我就想着约各种朋友来。

我总是提前坐在店里等他们,很多朋友按照定位找到小陈餐馆之后,表情特别疑惑,抬头看看招牌,又看看手机,脸上都是一副疑惑的表情,在外面左看看右看看,怀疑自己是不是走错了。我坐在里面狂招手,他们才会松一口气,推门进来,第一句话都是:"这地方,是怎么被你找到的?"

谁说好吃的地方就一定要有光鲜的门脸?

因为店面小,大家围坐在一起特别吵,老板娘就坐在旁边的沙发上玩手机,我很不好意思地问老板娘:"我们是不是太吵了?"

老板娘就笑:"没关系,反正我也没什么客人,全是你们。你们开心就好。"

一来二去，带了好些朋友来，后来我听说一个做房地产的朋友希望小陈夫妻能去他们那开店，给他们很好的开店条件，也保证他们的客流量。

听说这件事后，我又开心，觉得小陈夫妻未来一定会越来越好。

我又担心，担心以后去排不上队，也没有这种小小又恣意的环境了。

东街的金牌盒饭。

这是郴州的老牌盒饭店，门面毫不起眼。

好多次我去吃盒饭，来回走了几趟都没找着，一度以为关店了。

它没有店名，就两扇玻璃门，黑乎乎的。

店家把所有可以炒的食材全部印在了菜单上，什么牛肉牛肚饭、牛肉猪耳饭、大肠牛肚饭、叉烧牛舌饭、牛肚牛舌饭、牛肉炒蛋饭……感觉像做一道数学题，我可以写一整天。

好食材，好青椒，猛火一翻，盖在粒粒分明的米饭上，一个巨大的铁碗端上来，一路飘着香气。所有等待的食客便抻着脖子看是不是自己点的那一份。

我大概有好几年，每次要回北京工作之前，都会来这里吃一碗盒饭再赶去高铁站。

如果时间来不及，也会打个包带在车上吃。

而外地的朋友们来郴州玩，我也必定会带他们来金牌盒饭。吃惯大鱼大肉的他们，从未见过这种阵势，每碗饭上来，让人垂涎欲滴的青椒食材配色，让朋友们一时不知道自己是该立刻吃一口大快朵颐，还是应该拿出手机先发个朋友圈。

其实关于这个盒饭店，还有一件更有趣的事情。

我有个朋友叫阿香，我们是小学和高中的同学，关系也好，每天一起上学放学的那种。

考上大学之后，我俩的联系就越来越少了，直到彻底失去联络。

有一年，我放假回家，坐在星巴克，突然有人喊我一声，我一看是阿香。

我们就这么恢复了联系。

看起来，我俩小时候的关系确实不错，哪怕十几年没联系，但待在一起，又回到了当初的模样，一点都不局促。

一次，我第二天要回北京，阿香说他中午没事可以送我去高铁站，我说好。

"中午吃什么呢？"

"我带你去一家特别棒的店，我每次走之前必去。"

"噢，那好的。"

我就带他去了金牌盒饭，我帮他点了一份之后，就一直介绍这家店有多好吃，也没有注意到他的表情古怪，一直催我快吃，别说了。

"我最喜欢牛肉鸡蛋，金牌鱼头饭也很绝，加一份三鲜汤，真的不得了。"

"哦哦哦哦，好的。"

走的时候，阿香站起来跟老板说了一句："走了。"

老板头也没抬："好。"

我准备去买单，阿香说："不用买。"

我一时没搞清楚状况。

"走啊。"阿香招呼我。

我确认是真的不用买单之后，追了出去，问他咋回事。

阿香尴尬地说："这是我家的店，那是我表哥，我初中的时候没钱了就来这里打工端盒饭，你不知道吗？"

"啊？"

后来我去这里吃饭，再也不叫阿香了，都是自己偷偷去。

主要是害怕他又不买单，感觉我像个吃白食的。

燕泉路的银鑫阁。

这是一家煲仔饭店。

他家也是什么菜都可以现炒，只有你想不到的，没有他做不出来的。

每个人一个锅巴焦得恰到好处的煲仔饭，点的菜现炒了直接往上一盖，汤汁流进煲仔饭里，一拌，十分绝。

这家店会送每位食客一份稍微有点凉的例汤和一份分量有点少的甜品。

虽然是送的，但味道确实不错。

银鑫阁生意很好，门面不大，进去之后两层楼，里面全是座位，到了饭点，过道上也是等位的食客，哪里有座位就坐下去，大家挤在一起吃。

很少有人闲聊，大家都是吃完就走，毫不含糊。

协作路的高兴土菜馆。

老火车站旁的协作路上有一片大排档，高兴就是其中一家。

高兴的门面不大，我们从未坐在里面过，这样的店，必须坐在路边，和很多人挤在一起，才能吃出感觉。

郴州常常是雨天，一到下雨天，我就喜欢去高兴。

支个大雨棚，八九个朋友紧紧地围在一起，听着四周此起彼伏的划拳声，舒适惬意。

这里大概是最市井的大排档，远离市中心，临近火车站，就餐的食客都比别处显得更江湖、更随意。

这里的消费自然也比市中心的餐馆要便宜不少，老板也有一个特长，你想点什么菜都行，两个完全不搭界的菜，只要你想得出来，老板都能给你炒出来。盒饭这么炒，我觉得还行。但炒菜敢这么炒，就十分考验老板的功底了。

老板应该非常知道食材与食材之间需要怎样的调味料，以嫁接不同食材的口感。

虽然只是中式街边小炒，但每道菜的辅料选择的考究程度不比西餐什么的低。

一位编剧女同事在郴州写了三个月的剧本，一直很拘谨客气，直到她走的前一天，我们为她践行，就带她来了高兴。

喝了几杯，一边听着雨声，一边感受着每家炒菜店的火热，女同事突然说："我好喜欢这里啊，我终于知道为什么你那么喜欢郴州了。好像我的生活里就是一直太冷静了，也没有你这样的一帮朋友……"

不晓得是酒精的作用，还是雨的作用，看着桌上满满当当十几个菜，旁边各个店门的门口，大厨们颠着锅，翻着火，很容易就会产生"幸福也不过如此"的感慨。

龙泉路的李五麻辣烫。

凌晨一点，阿香说带我们去吃一家麻辣烫。

到了李五麻辣烫，一个小店面，里面只能坐六桌，门口还有好多人在等位。

轮到我们的时候，整个人都疲了。

我问阿香："麻辣烫再好吃又能有多好吃？能拯救我午夜已然颓唐的灵魂吗？"

事实证明我错了，这家小店食材新鲜，最重要的是他的蘸料十分入味，就在我挑选各种串串的时候，阿香从门口拿了一大把新鲜的基围虾回来。

"都是冲着这个来的。"阿香摇了摇手里的基围虾。

李五的基围虾不仅新鲜，而且便宜，一块钱一只。

六个人吃得巨饱，才花了200多块钱。

吃过一次之后，我便念念不忘，又担心去了之后要排很久的队。

阿香告诉我，李五扩店面了，把旁边的店也租下来了。

按道理，小店要扩张都是左右上下挨着扩张，连在一起才有气势。当我们去了之后，发现李五租的是这条街上完全不挨着的门面。

一个门面隔了原店三四个门面，一个门面干脆在街的对面，三个就餐区形成了三角形，取材区在第一家店，所以食客们就端着餐盘在这条街上来回走动，倒也成了风景。

写剧本的那几个月，我不晓得我们去了多少次李五，聊了多少情节，大声说话，大声争执。

周围的顾客或是情侣约会，或是同学聚会，大家聊着过去的事，也聊着对未来的憧憬。涮锅里的水蒸气滚滚上行，满面通红的顾客们兴致昂扬，这家不起眼的李五麻辣烫兴许承载了很多年轻人的梦想。

还有需要开车上山的梨树山村的山湖农庄，他们家的小炒牛肉、青椒炒蛋、芋头麸子肉很好吃。几个简易工装大棚，几间老平房，顾客来来往往。

磨心塘的蜜友私房菜，餐前送的酸甜萝卜片和红豆汤口味都好，似乎光吃送的东西就能吃饱了。很多食客是冲着他家的姜辣凤爪而来，又糯又嫩又易脱骨。

香花路的跳跳蛙爱上老幺鸡，大众点评几乎没有评价，老板也不知道如何宣传，来来往往的多半是老顾客。人人要一份中辣的跳跳蛙，多加一份手撕包菜，没吃两口，脑门冒汗，一顿风卷残云。再问老板要半斤筋道的清水面，放入盆中，吃一口，就会产生那种"哪怕今晚胖二十斤，也要吃完这半斤清水面"的错觉。

梨树山大道边的满香土鸭私房菜馆，主打血鸭。据说老板之前是养鸭的，养的鸭销路不太好，就开了一个菜馆，用自己的鸭来做血鸭。

没想到一炮而红，就修了一个大棚，到了饭点，全部满座，鸭好吃，也有那种人人认可的热闹。

曹家坪路的刘胖子柴火鱼庄，黄焖黄鸭叫很容易就断货，东江的新鲜雄鱼汤是它的招牌，不过你只要用土鸡蛋焖黄牛肉一个菜就可以彻底打发我。

道口的梁记羊肉馆，羊肉新鲜不说，每一坨羊肉，连皮带肉，感觉没有任何边角料的废肉，也没有吃到嘴里感觉不舒服的碎骨头，一看就知道是老板刻意又执拗的坚持。

万华路七里洞的上席民间菜，是一座旧民宅，唆啰鸭和上汤嫩桑叶，是每次的必点。

差点忘记了飞天山的竹缘柴火农家乐，大众点评上没有收录，只能在地图上找到。

倚山而建，面朝东江峭壁，风景绝好，尤其是傍晚夕阳铺满江面，能燃烧近半个小时。点一只土鸡，一鸡两吃，炖和炒都非常妙。其余的菜也都是天然食材，坐在那儿，就算喝杯茶都觉得舒心。

常常会有读者私信问我："同哥，如果我要去郴州旅行，哪里吃夜宵比较热闹啊？"同心路的双龙夜市广场是夜宵店的集合，爱莲湖旁边的欢乐海岸贝壳夜市也热闹，东风路夜宵摊曾辉煌了一阵子，整顿之后，还剩一些不错的老店，靠近市中心的妙街里也有很多口味店，五里堆路吃烧鸡公的一条街，这些都是可以去感受的地方。

开始写这篇文章的时候还是下午，写到这儿，发现窗外天已经全黑了。

  汪曾祺先生不是说了吗？人总要待在一种什么东西里，沉溺其中。苟有所得，才能证实自己的存在，切实地活出自己的价值。

  此刻饥肠辘辘，唾沫横流，满脑子各种乡味交织在一起又各有脉络。

  家乡美食太多，美好的事物也多，我的书写只能是管中窥豹。

  如果有一天你来了，希望这些潦草又带着饥饿的文字，能给你带来一点点心安。

  汪先生还说了："人啊，一定要爱着点儿什么，恰似草木对光阴的钟情。"

  于我而言，这些美食恰恰是我作为游子对故乡的惦记。

A Toast to Voyage

Chapter 19

旅行就像
一杯鸡尾酒，
我喜欢
一饮而尽的微醺感

我对于旅行这回事一直很困惑。

这种困惑由来已久,只是最近才突然意识到具体的缘由是什么。

每次结束一段旅行,周围的朋友就会问我:"刘同,你去的那个地方好玩吗?我也想去,有什么攻略吗?"

我的回答都是:"超好玩。太好了。但我忘记了。"

朋友觉得我太敷衍他们。

天地良心,我是真的完全不记得那些细节,因为我想——世界那么大,我来了一次,也不会来第二次,我记住它们没用,记住它们给我带来的感受才比较重要。

我人生中,唯一的特例就是几年前请了一段长假去洛杉矶学英语,写了很多的日记。但如果不是那时每天上课,写完作业后,顺便写了日记,关于洛杉矶的一切,我也依然是一句话:"哇,真的很有趣,遇见了好多事,蛮不一样的。"

我对于所有我旅行过的地方,一旦没有即刻记录,而决定回来再写,就啥也写不出来了。脑袋里只有成型的拼图,完全不记得是由哪些零件组装出来的了。

就像……画家要赶在太阳完全出来前完成那幅日出的画作一样,只能尽快挥洒整块的色彩,来不及细微修饰。

哪里有光,哪里悲伤,只能赶紧描绘出个印象。

如果硬要写得像本旅行指导手册也不是不行，那就把旅行当成一项工作，随时记录，随时拍照，回来再整理。

可这又并不是我旅行的初心——投入，感受，不想当成期末测试，课上小抄，课后朗读背诵。

我人生中见过最诡异的一篇游记，忘了是在哪个杂志上看到的了，全篇是由国外的地名组成。

我从a地到b地，到了c地，后来到了d地，发现e地旁边是f地，骑行后没多久就到了g地，然后乘飞机经过了h、i、j、k地，落地l、m、n地……二十六个英文字母还不够作者用的，得无限循环使用才行。

我不知道作者是觉得这些地名好听，想让读者了解起名的艺术，还是作者买了一张联程机票，有集邮打卡的爱好，然后炫耀给朋友看：你看，我可是去过100多个外国城市的人噢。

又或者……跟我一样写不出游记，却又到了截稿日期，于是干脆从旅行箱里的废纸堆里，找出一张当地的旅行地图，对着地名手抄了一遍？

总之，我对于写旅行游记十分不擅长。

最近在看《梵高传》，看着看着，突然就意识到，我对于旅行的记录就算做不到写实派，那走走印象派的路线也是可行的嘛。

感受不是比细节更重要吗？

而且我不相信这个世界上只有我一个人记不住旅行的细节，对吧？

我就尝试着从回忆里去寻找以前旅行的感受。

比如北海道我去过两次，第一次是和几个好朋友带父母一起去的。选北海道的原因十分简单。

因为在很多影片里见过了北海道的雪，就很想去拍一张站在皑皑大雪中的照片。

事实证明，如果没有会拍照的朋友和你一起，且你也不怎么擅长摆拍照姿势的话，那么雪是雪，你是你，你无法融入美景，美景也并不想配合你。

总之看了我好多雪景里的照片，冻到不行，全是大写的尴尬。

因为北海道太大，我们就选了其中的一个小镇，离札幌国际滑雪场比较近，名字我果然忘记了。

整个小镇被雪厚厚地盖了一层，作为南方人的我们，第一次见到那么大那么厚的雪。

把东西一放到酒店，十几个人就立刻跑到镇上，欣赏起雪景来。

镇很小，就一条行车道，两边房子也少，没什么路。

走了二十分钟，就到了尽头，也找不到吃饭的地方，于是大家又回到了酒店。

怎么都没想到，原来在北海道最值得留恋的地方是酒店。

我们住的酒店包食宿，一群人就穿着睡衣在酒店里吃吃吃，再去酒店的露天温泉闭着眼睛感受落雪，之后再坐在玻璃房子里边烤火边喝上一杯。

那三天，大雪把所有人困在酒店，一大家子人聚在一起，现在想起来也觉得暖暖的。

第二次去北海道，是和几个好朋友去那里专门的滑雪场，住在滑雪场的酒店里。

非常抱歉，滑雪场的名字和酒店的名字我也忘记了，依稀记得好像是kiroro？

如果错了就错了，我也懒得查了，说说感受比较重要。

那个滑雪场的雪真是厚啊，我从山头滚到山尾居然没受伤。

滑雪场周边的设施也很齐全，有好吃的西餐，好吃的烤肉，好吃的种种，只不过都需要提前预订，临时去常常排不到座位。

滑了雪，吃一顿烤肉，喝着啤酒，是非常惬意的事。

唯一的不足是，太贵了。

有一天，我们心一横，决定放开了吃，七个人吃了6000多人民币……

后来我们就学会了。

随便吃一点什么，吃饱就好了，然后去便利店买好多果酒带回房间。

大家一起在房间里玩各种游戏，能够笑死所有人。

这么说起来，在北海道这样的地方，只要人多、有趣、热闹，就能留下美好的回忆。

我们也带父母去过泰国。

泰国非常适合带父母去。

物价便宜，每位家长带2000泰铢（约500元人民币），一条几百米的街，他们可以逛一整天。

累了就在路边的按摩摊按脚，只需要200泰铢（相当于50元人民币）就好。

泰国的海鲜便宜，夜市非常吵，一大伙人随便吃，随便点，也吃不了多少。

我们只去过曼谷和芭堤雅，这两个地方都让父母非常轻松，不会说这个太贵，那个不行。

一群妈妈一直感叹："哇，真的很便宜。"

这种场景，是作为子女的我们，最舒心的时刻。

不带父母一起去的泰国，和朋友出行又有另一番味道。

有一次跨年，我和老家的七八个朋友相约在曼谷。

我们正计划要在哪里迎接新年，就听闻一个朋友组织了特别的活动——他租了一条船，夜游湄南河，大家只要AA酒钱和租船的费用就行了。

我们登上了船。

船上男男女女好几十人，都是各地来泰国跨年的年轻人。

刚开始大家都有些放不开，组织活动的朋友是做公关出身，放起准备好的泰国舞曲串烧，灯光一开，大家觉得蛮好笑的，"哈哈哈"之后都不那么拘谨了。

有趣归有趣，但总觉得迎新年是不是还差点什么。

我问朋友："我们一会儿会在船上放烟火吗？"

他摇摇头："我没有准备，烟火太贵了，负担不起，还危险。"

我稍微有些失落。

等到了当地时间11:30，我们的船正经过泰国最繁华的商业区，依河而建的一家五星级酒店突然放起了烟火。

烟花映亮了湄南河，映亮了整条船，所有人都停下来看着眼前的烟火，发出惊叹。

朋友得意地笑起来。

我才知道他这次活动的真实目的是什么——

整条河边都是五星级酒店，每个酒店都有自己的烟火。

而我们乘着船，听着歌，仰着头，端着酒杯，完全忘记了自己身在何处。

零点来临那刻，两岸烟火齐飞，所有人嘴巴微张，脸上的光芒交错，就像是幅油画。

我们没有在看烟火，我们就是烟火本身。

下船的时候，每个人都紧紧地握着策划这次活动的朋友的手，感谢他让我们体会到了人生中最绚烂的时刻。

他摆摆手："没关系啦，下次再来。"

之后，疫情来了，我们自然也就没有了第二次。

但能拥有一次，就足以回味很多年了。

前年，和三位好朋友相约去了冰岛。

假期有限，朋友问我要去几个城市。

想着未来再去的机会可能也不太多,就说安排个老年团的计划吧。

所谓的老年团的计划,就是那种四天五夜八城市的安排,趁着还能走,就多走走。

我们都还算身强力壮,十三天我们跑了九个城市,中途大家都累坏了,临时还修改了计划。

但要说美,那是真的美。

一望无际的草原,那么近的山,那么蓝的天,那么白的云,一望无尽的路,杳无人烟的世界——我这种形容已经非常天花板了,其实当我们看到这种景色的时候,我们前三天一路只会:啊啊啊啊啊!哇哇哇哇哇!

不是找不出词语来形容,而是为什么要找到词语来形容,"啊啊啊啊啊"不就是最激动人心的词语吗?

你想想看,你人生中很兴奋的那些个时刻,不都是简单的语气助词吗?

反正前三天,无论是坐火车、飞机,还是开车环岛游,看到任何东西都是"啊啊啊啊啊"。

三天之后,全部人都疲了,再美的风景,张张嘴:"真棒。"

然后连手机都不愿掏出来拍照。

心里只有一个目标:何时才能到酒店呢?

要说收获还是很多的。

比如大家都说旅行就一定要吃当地的美食。

但经过多次旅行之后,我发现我们很难找到当地的美食,随便找了一家店,吃完之后觉得普通,还要安慰自己:好了啦,入乡随俗。

之后我们就改变了策略:能应付的饮食就尽量应付,把餐费集合起来预订一家米其林餐厅,吃到真正的当地美食。如果实在想要解馋,每餐吃中餐是最好的选择。

这个方法极其管用,好几次旅行到一半,心情就会因为思乡而低落,这时吃上一顿麻辣火锅、一份麻婆豆腐、几块水煮鱼，整个人立刻就能活过来。

毫不夸张地说，巴黎、雷克雅未克、霍芬、苏黎世、卢塞恩、因特拉肯、尼斯、摩纳哥（这一段我还真是按地图抄的），这一段路程上为数寥寥的中餐馆，都有我的五星好评。

我一直觉得同胞们要把中国的食材弄到这么老远的地方来，开一家中餐厅，让中国同胞能随时吃到家乡的味道，这本身就值得十颗星了。

乘火车去少女峰的时候，经过了格林德瓦，那个闻名世界的童话镇。

火车一转弯，就进入了格林德瓦的山谷。

坐落在山坡上的小房子，湖泊上的帆船，阳光透过白云洒落的阴影，每一块色彩都泾渭分明，大自然的饱和度在这里达到了最完美的平衡。

本以为看够了风景，再美也不过如此了，但此刻我连喊"啊"都不会了，只是张大了嘴，怕发出的声音吵醒了眼前的宁静。

"想来这里住一周吗？"

"啊，好美，还是不了吧。"

"为啥？"

"只要住了就显然会爱上，一个必定想留下来却又必定会离开的地方，为什么要让自己得到了又失去呢？"

好像也对。

北欧的风景美得很现实，花更多的钱就能享受更多的服务，体验更多的新鲜。

登山前，我买了五瓶普通矿泉水，花了300多块人民币。

在餐馆点了一份土豆丝，花了240块人民币。

订了两间坐落在旷野中的设计师酒店，一晚将近10000元人民币。第二天拉开窗帘，看到一望无际的旷野，腾腾升起的地热蒸汽，还是觉得这一咬牙的消费是很值得的。

一开心，就从箱子里掏出一盒速食湖南米粉。

对着北欧的绝美风景，吃上一碗香辣的湖南米粉，太爽了。

从北欧回来后，朋友问："北欧给你留下最深刻的印象是什么？"

我："攒钱，攒足够多的钱。"

有些旅行，你很清楚一生只需要经历一次就够了。

早几年，我们几个朋友租了一辆车从东京开到镰仓。

搜到了热海的一家很难预订的民宿，刚好还空了一间。

一间房可以住四个人，再加张床，包食宿，但一晚的费用相当于我们三天的住宿费。

那间民宿建在海边，隔着海能看见富士山。

我们五个人看着图片，来回传阅。

不知道谁说"钱还能再挣，但这次不住就没机会了"。

当天晚上我们躺在房间外的露天温泉里，听着大海的声音，看着天空时不时划过的流星，大家互相对视一眼，举起手中的酒杯："努力吧，加油工作吧，希望以后我们还能选择这样的旅行。"

有些旅行，你在行进的过程中，就想着下一次一定要和谁谁谁再来一次。

比如在洛杉矶结束英文课程后，我和朋友们租了一辆房车，沿着一号海滨公路，由南往北，圣迭戈、洛杉矶、旧金山，一路开过去。

途经很多小镇，去当地酒吧喝上一杯，然后回车里休息。

打开车顶，满天繁星，海浪撞击岩石的声音，能在回忆里久久不息。

于是拍照发给好朋友们，约好了一定再来一次。

同样的风景，和不同的人经历，会有不一样的感受，但最关键的是——我想把自己经历过最好的东西都分享给你。

去年十一月，出版社约我和编辑团队一起开个会。

我刚好在老家写东西。

编辑团队落地郴州北湖机场后，我就开着车拉着大家直奔莽山国家森林公园的一家农家茶舍。

其实说茶舍也不对，我不懂品茶，喝茶对我来说并不是重点。

我喜欢的是大家围坐在火塘边，一边添着柴火，一边把各种茶煮到沸腾。

各种新鲜的时令水果满满当当挤在竹编篾篮里。

还有刚刚从热锅里捞上来的熟芋头，等会儿要用来煨的土花生……全部晃得我睁不开眼。

老板娘招呼我们围着火塘的炭火坐，说给我们准备了不同的茶，有红茶、白茶，还有当地的果茶，不会让我们喝太多，不然我们醉茶了，会也开不成了。

新烧木头的袅袅香烟和茶罐里咕嘟冒出的热气，让山里的寒意在棚顶打了个转儿，就转向别的地方去了。

十一月的莽山温度在十摄氏度以下，老板娘说如果山里下雪的话，雪花会从棚顶的缝里飘进来，然后化成水。

光是想象，就觉得是人间惬意。

我们在各种味道中漫谈，酣畅到不行。

说着老板娘走过来，用火钳翻了翻火塘的木炭灰，我们才发现里面埋着地瓜。

烧完一茬柴火后，地瓜就熟了，捧在手里，有些烫手，左右翻滚把灰轻轻拍掉，从中间掰开，流出好多蜜。

中午和晚上，老板娘给我们准备的是当地食材做的油茶火锅和肥肠火锅。

拿着长长的筷子，夹到的不仅是味道，还有久违的旅途中的美妙。

年纪小的时候，总觉得美好的风景都在遥远的地方，越远越美。

带着行李箱跑过了一些地方后，发现只要能沉下来，身边也尽是美好。

这两年有将近一半的时间在老家写作，感受了郴州莽山茶舍火塘边的滚热、仰天湖云海日出的温暖、马皇丘大峡谷雨气中的微凉、雾漫小东江的晨光，还有白廊山路微醺的踉跄……一直往外跑的过程中，忽略了原来身边有那么多值得分享的美好，而这些美好我也都一一许愿，值得带朋友一次又一次前往。

你看，虽然我记不住那么多旅行中的细节、地点、攻略，但我还记得它们给我带来的感受。

嗯，旅行就像鸡尾酒，到底有多好喝，又是什么味道，我可能记不清了，但一饮而尽带来的微醺感，却是能一直记在心里的。

One More Take

Chapter 20
不好意思哦，
我要重来一次

One More

"你的新书写了多少啦?"

编辑老师问我。

我说:"3万字吧。"

"真不错,按这个速度,应该很快能写完了吧?"

"不过我停下来了。总感觉有点辛苦,好像哪里不对头。"

"是吗?那你就尽快感受一下哪里不对头,如果确实不对,那就重来吧?"

编辑老师很了解我啊,她完全知道我是靠愉快的心情来写作的。

挂了电话,我就打开文档重新阅读起来。

虽然读起来很流畅,但我总觉得写东西的那个人不怎么轻松,感觉他累得要死。

如果作者累得要死的话,读者就更累了吧?总觉得有人无形之中把压力注入了每个字里。

我不要当这样的写作者。

这么想着,我就把之前为新书写的好几万字统统删掉了。

顿时开心极了。

我对编辑老师说:"不好意思哦,我全部删掉了,我要重来一次。"

之前写东西的时候,总是蹙着眉头,好像在研究什么高新科技一般,但突然意识到,写作对我来说应该是一件快乐的事情才对嘛。

遣词造句当然是必需的，但前提是自己要对自己不设防才行。

紧锁眉头把一个一个文字放在相应的地方，绞尽脑汁选择一个更为准确的词，虽然看起来很工整很得体，但总觉得不是那么回事。

想了一段时间，就意识到了症结所在——我就应当随着思绪放开了写，就当是拉着好朋友聊天的那种自在。

这么想着，直接按Ctrl+A，全选，然后，毫不犹豫地点了删除键。

精心撰写的文字瞬间消失，没有大学时刚尝试写作时的心疼感。那时写东西哪怕是一句病句，一句与上下文毫不相干的文字，都想全部保留着。而现在删除感觉不对的文字，就像把一些堆积在角落的东西清空。

如果窗外常有蓝天白云青山叠嶂，室内的装修便不必过于精致。

这么想着，内心也愉悦起来。

好像这些年，我一直在追求一种"让自己愉快"的感觉。

我看了一下镜子里的自己。

比二十岁的时候显得更成熟。

比三十岁的时候显得更有定力。

我觉得今天的我比我小时候印象中"中年男人的样子"稍微好那么一丢丢。

很大程度上，我觉得我对新鲜的事情总会保有一些好奇感。

比如参加有新朋友的聚会，如果在场有人不认识我，我就会很开心地去聊天，发表自己的观点，也不用在意有人上纲上线。若是新朋友觉我说得还蛮有意思的，主动约下次见的话，我就更开心了。

一般这时，我就体会到当一个写作者的幸福。

大家认识你，是因为文字。

大家并不在意你长什么样子。

所以当和新朋友慢慢地熟起来，具体问到工作时，我也会如实介绍,自己是在影视公司工作的,平时也写一些东西。如果新朋友说:"噢,原来我看过的那些东西是你们公司做的噢,很棒。"我就有一种奇怪的自豪感。

这种交朋友的方式,要比上来先看简介再交朋友,有趣得多。

去年,我去一个城市举办签书会。

晚上约了一个许久未见的老朋友在清吧喝酒,刚点了一瓶威士忌,朋友就打电话来说,小孩突然发烧,来不了了,很抱歉。我看着那一瓶刚打开的酒,有点发愁。

旁边的桌子是一群大学生,男男女女,大家都捧着手机在玩游戏。听声音应该是在《王者荣耀》开黑。

他们每个人点了一瓶本地啤酒,也没怎么喝。

我想了想,就把点的酒拿了过去,说:"我有个朋友临时来不了了,我一个人也喝不完,如果你们不嫌弃的话,咱们就把这瓶给分了?"

我长得也不像坏人,大家很快就打成了一片。

听说我也打王者,他们说一起开黑带我上分,我说好啊。

"哥,你是什么级别?"

"我王者。"

"哇,厉害,多少星?"

"三十多。"

我说出三十多的时候,大家沉默了,他们端起杯子敬了我一下:"对不起,有眼不识泰山。哥,你带我们几个飞吧,我们还有人没上王者呢。"

哈哈,我怎么就那么爱这种有趣的剧情呢?

那天晚上,我们玩了两个多小时游戏,帮两位朋友上了王者,喝完了一瓶酒,大家说想去唱夜场KTV,便宜,就问我去不去。

我正在兴头上,而且结交到了一群新的朋友,着实心情愉悦。

他们不知道我是干啥的,也让我毫无负担感。

他们说要去学校旁边的KTV，我大众点评看了一下，觉得音响效果可能不会特别好，我就提议去纯k。他们立刻说纯k太贵了，没有必要。

我说："没关系，我工作了，我请客就好。"

孩子们说："哥，你看起来参加工作也没多少年，工资会很高吗？"

我一时分不清这是他们让我买单的糖衣炮弹，还是他们真认为我比他们只大个几岁。

总之，我们就去了纯k，喝酒唱歌，蛮有趣的。

分别的时候，他们说第二天要请我，不然太不好意思了。

我说好的，第二天再联系。

第二天我举办完签书会，他们的信息很准时就到了，问我在哪儿，晚上他们请我去热闹的酒吧。

到了当地很热闹的酒吧，他们选的座位是离吧台比较远的三环的桌子，上面已经放了一个洋酒套餐。我看了一下价格，一瓶洋酒加几瓶饮料只要130块钱。

因为我之前在老家和朋友开过酒吧，所以知道这个酒肯定是有些问题的。

我就说："今晚还是我来吧，我点一些别的酒。"

我害怕喝到质量不太好的酒，身体扛不住，毕竟我是个中年男人了。

没想到几个孩子立马制止了我："不行，哥，昨晚你已经为我们花了很多钱了，今天我们商量了，我们几个AA，也不贵，必须要请你。"

他们义正词严，如果我不同意，感觉就是不给他们面子。

我只能硬着头皮说好的。

那天晚上，我连喝了三瓶130块的洋酒套餐。

从酒吧离开时，我们约好下次我来出差时，大家继续。

虽然第二天头痛得要死，果然就是130块的洋酒套餐，但现在回想起来，还是觉得有意思。

最近在网上看到的一个段子，关于年龄的，大概的意思是：如果一个人四十岁死了，在他的葬礼上，大家就会说，啊，真可惜啊，大好年华，英年早逝，明明好日子还在后面，怎么就走了呢；但如果一个人四十岁还活着，聊到这个年纪，大家大概率会讨论，啊，都四十了啊，人生已经定型了吧，未来也没什么太多可能性了，不要折腾了，不如认命好啦。

每次想到这个说法的时候，就忍不住笑起来，人真是一种很双标的生物啊。

话虽如此，好像四十岁，真的是很多人的人生分水岭。

其实肉眼可见的，三十五岁之后，我和同龄的朋友交往得越来越少。

一方面是大家的家庭压力太大了，很少有自己的时间了。

另一方面是聊不来了，要么谈不到一块去，要么负能量太重，一直把不顺推在别人身上，抱怨个没完。

二十多岁这样可以说是愤青，发泄一下就继续埋头苦干。可都三十好几了还这样，花了大把时间聊完却根本不改，我又是一个着急的人，一着急就会说："行了行了，我也挺忙的，没时间一次又一次重复一样的聊天，下次别聊了。"

其实我着急的并不是对方让我失望了，而是我怕自己和对方接触久了也会变成那样的人。

说到底，我觉得自己还是很幸运的。

二十多岁选到了一个自己喜欢的传媒行业，做到三十来岁，然后公司转型，我跟着公司从电视转到了电影，参与了很多影片的幕后工作，也开始尝试自己制作影视项目。每一步迈出之后，路又得以延展，不至于困在一个地方一筹莫展。

有网友问我："你现在的工作和生活是怎样的啊？能不能和我们分享一下。我实在是觉得自己的生活太无聊了，所以很想了解一下你的生活。"

大概在半年前，我开始制作一部叫《我们的样子像极了爱情》的爱情电影。

因为电影的剧本需要和导演一同讨论撰写，所以我找到了导演之后，便把他从深圳弄到了北京，每天和我、编剧团队一起开会。

就这么工作了一两个月，发现剧本一点进展都没有。

为啥咧？我很认真地在思考这个问题，难道是我们没有才华吗？还是哪里出了问题？

我发现我们每天开会都是早上十点开始（大家要从北京城的各个地方赶向公司，路上都需要一两个小时），上午开完会，吃午饭，休息一会儿，下午再开四五个小时，直到大家脑子转不动了，就第二天再开。这样开了一周的会后，编剧就会把这一周开会的内容，在家再花一周的时间形成具体准确的文本。

这个时候，我就和导演分头忙点有的没的。怀揣着信心，一周之后再看剧本，瞬间崩溃，编剧写的东西完全就和我们在一起说的东西不一样嘛。问起来为什么不一样，编剧说增加了一些自己的理解，我们很严肃地说：“不需要你的理解，我们大家在一起确定下来的东西就是我们共同的理解。如果需要改变，那我们就当面一起理解。再说一次，不需要自己的理解！！！”编剧说自己明白了，回去一写又不一样。

做这个工作真的很想打人，比如扇自己耳光啥的。

我们就这样，一直在崩溃中反复，直到我决定——好吧，既然一分开就失误，那我们关在一起，直到写完为止。

我选择带大家回到老家，住在一套两居室里。

导演和编剧都是已婚男青年，我给他俩买了一张上下铺放在客卧，然后我们仨开始了男大学生般的寄宿生活。

寄宿生活很是有趣，每天早上都是我第一个醒来，给他俩煮上清水蛋，然后像宿管大爷一样敲门让他俩醒醒。一人灌一杯咖啡，不到十分钟，三个人就整整齐齐坐到了书房里，虽然脸上还残留着睡觉时的枕头印子，但眼里忽闪忽闪的全是工作内容了。

一个人开录音,三个人做电脑笔记,确认每一个情节,非得大家全部统一了,编剧再开始一字不动地还原。为了节约我和导演的等待时间,我们又把编剧的工作分成了三份,每个人完成三分之一,再组接起来。

效率明显提升了,晚上我们三个中年男子就会打开一瓶酒,选择一部爱情电影,边喝酒边讨论,看得动情了,三个人一起抽泣,干一杯,就当是缓解房间里弥漫的男人间的尴尬(默契)。

总之这样的工作结束后,导演回到北京筹备制作团队,我和编剧留在湖南继续第二个剧本的创作。

我时常怀念那种三个人坐在地板上的日子。离开纷扰,沉浸创作,公司也不催促,投入去写,也能写出不错的东西来。

反正,二十四岁选择北漂的我,应该很难想到,十几年后,依然还在北漂的我,可以把同事们带回家乡工作。

如果这部电影拍出来,上映了,只要不是结局特别惨,只要我还有继续做剧本的机会,我们仍应该还会回来继续开展新的创作。

三个成年男人,被关在一个屋子里,像大学生活一样工作,真的有点魔幻。

这样的经历,人生还能遇到几次呢?

写到这里,我咂巴了一下嘴,有丁点儿感动的成分在。

About Love

Chapter 21
我们的样子
像极了爱情

写完《我们的样子像极了爱情》的剧本后,我拉上了几个发小一起围读剧本。

男男女女三五个人,因为他们从没参与过围读剧本这回事,所以一个比一个认真。

我和导演、编剧三个人分角色念台词,他们在一旁,边听边把自己的困惑写在纸上。

他们每次提笔写的时候,我心里就"咯噔"一下,觉得"糟糕,又不被喜欢了"。

全部结束后,我问他们:"你们记了那么多东西,是打算帮我们重新写一个新剧本吗?"

其中一个女性朋友说:"不是不是。是我听到他们的台词,对比了自己的感情,觉得自己好像一直被这个困扰。所以就记了下来,想问问你。"

她要问的是:"爱情到底是爱多,还是情多?"

因为大家都是成年人嘛,所以说话也就很直接了。

爱多,指的是激情,亲密关系,做爱那件事情。

而情多,则是情分,习惯,相处之道,互不相厌。

那是一个六月的下午,有人躺在沙发上,有人躺在地板上,房间里回响着轻轻的空调声,凉风从一个人身上卷过,裹着一丢丢热气吹向另一个人。这不是讨论爱情的最佳时机,但一群平均年纪在三十五岁的人,居然开始讨论起了爱情。

这难道不是十七岁的高中日记做的事吗?

这难道不是二十一岁大学宿舍熄灯后干的事吗?

这难道不是恋爱之初和朋友们在酒吧讨论的事吗?

这也是结婚成家之前要做的事。

怎么到了三十五岁这个年纪,大家还在讨论?

好魔幻。

我看着那位女性朋友,她一直有运动,也节食,所以状态和体态都很好。

她能问出这种问题,证明她既有可以选择的爱,也有一直拥有的情。我现在可不会像二十出头时那样咋咋呼呼,非得要听一个八卦的故事不可。

我想,在两个人的爱情里,能一直有爱,那真是求之不得。如果你的爱情里,爱慢慢沉淀成了情,那也是求之不得。绝大多数人,爱停了,情也没了。爱情是一锅沸汤,以沸沸扬扬开始,以鸡毛蒜皮的琐碎沉底结束,能留下一罐温热的汤就好,渴了饿了就舀一口。

她和她的爱人经营着一家小超市,生意稳定,没有到能开分店的兴隆,但也算是令人羡慕的络绎不绝。

"好像嫁给他之后,自己就失去了光彩。无论自己怎样打扮,他也不多看一眼,运动、健身、学习新的烘焙,在他眼里也只是日常。久而久之,就萌发了想让人欣赏的念头。不是要出轨,真的只是想证明一下自己的价值。如果婚后,人便从货架下架,放在永不过期的冰柜里,那结婚的意义是什么?仅仅是找个'不会被扔进过期处理品堆里'的安全感吗?"

女朋友如是说。

家乡不大，朋友尚有如此的困扰，可见多少人深陷其中。

我佩服她能直说的勇气，也喜欢她把困境拿出来讨论的有趣。

你呢？你呢？那你呢？

屋中人笑着问彼此，一群成年人有了少年般的羞涩。

"我？有几个交往的，但都没确定。对方也没确定我。"三十八的男子说。

他说得很坦然，不仅是因为他创业顺利，保持着二十出头的拼劲，也是因为他想明白了，两三年前便离婚了。

对他来说，没有什么爱情不爱情，只要两个人待在一起有趣，那有时间就待一起。

一旦疲了累了，就分开一阵，看看想不想念对方。

周而复始。

全屋八个人，近半数离过婚，也没再婚的计划。

想起上小学时，如果得知某个同学的父母离异，所有人都会投去同情的眼光，觉得这样的父母好糟糕，觉得同学好可怜。

没想到，当我们自己成了父母，却来个态度大转变。

我问离异的朋友："那你两个孩子怎么看？他们知道吗？"

朋友说："开心得不得了，男孩女孩两个本来就不对付，巴不得分开住。我和前妻每人都有一套大房子，我俩也没再婚的计划，就是觉得两个人住在一起，不开心，也拘束，不如直接分开带孩子。节假日聚一聚，各取所需。"

不讨论别的因素，就这种"我想为自己活着"的态度，就显得人生有奔头。

一个人如果都不能为自己争取到更多的权利和自由，又怎能变得更好，为身边的人带来更多的选择和见识？

那天会议后，我回爸妈家吃饭。

我就问他俩："你俩没想过离婚吗？"

我妈冷笑一下："当然想过，你忘记了吗？我把结婚证都撕了，离婚协议都写了。"

这时我才想起来，小时候我妈只要和我爸一吵架，就准会上演离婚戏码。结婚证被撕了几次，拼都拼不起来，后来借着"找不到"的名义补办过两次。但不能总是找不到吧，再后来就算了，因为只要说找不到了，就相当于"上周吵架又撕了"。既然下次还要再撕，就别再补了。结婚证也怪累的。

当我回忆起这些，我才意识到，其实那时的我是非常希望他俩能赶紧离婚的，不要再折磨彼此，也不要再折磨我了。

后来父母没离的原因也简单——觉得自己也找不到更合适的人，觉得周围会产生过多的非议，也觉得我蛮可怜的，不能让我成为父母离异的孩子。

我顺着这句话感谢了爸妈，谢谢他俩硬扛到了现在。现在吵也吵不动了，不仅爱成了情，情也在长年累月中织成了网，网住每一件不大不小的争执。你抬头看吧，每一个稳定的家庭里，父母都在轮流扮演着蜘蛛侠，抢救落下大地的一切。

the Dreamhouse

Chapter 22

搬了十二次家,
我终于住进
我想住的房子里

写这篇文章之前,我翻阅一下过去的日记,关于自己的居住梦想,大概都以文字的方式分散在了日记里,我把它们都整理了出来。

2005 年 12 月 24 日

圣诞节就不应该来宜家,感觉这里是个公园,人山人海。但挤了一会儿又觉得莫名开心,和那么多人挤在一起,感觉周围的每个人都对未来的人生充满了向往,我也是其中的一个。样板间每一间都很好看,觉得未来如果有了自己的房子,肯定就全部按他们的设计来,关键是我似乎对这些家具都产生了感情,虽然它们的名字都够奇怪的,但我也能叫出它们的名字。沙发叫桑德伯,可以换各种颜色的沙发套。餐椅叫高利可斯达,放在家里会显得很高级。好的,桑德伯和高利可斯达,到时我会来买你俩。

哈哈哈。

2007 年 3 月 23 日

买了一本《时尚家居》小户型特刊,想着可以为赛洛城那套二居室装修做一些参考。好看的就拍了一张照留下来,没想到一晚上把整本书都拍完了……然后把照片都删掉,干脆把那本书放在了书架上最显眼的位置——那就是我未来的家的某个样子。

2008年5月18日

去了老板办公室,看到两本很贵的房屋设计摄影集,爱不释手。这种爱不释手溢于言表了,于是老板问:"怎么着,喜欢啊?"

我立刻说:"那我拿走了。"

老板说:"很贵的。"

我说:"放在床头做梦也好,这样工作起来会更努力。"

老板说:"我说书很贵的。"

我:"那就谢谢你了。"

这两本书和那一本《时尚家居》小户型特刊放在一起,成了我对未来的期盼。

2008年9月17日

很惆怅又很爽的一天,决定贷款20万装修自己的二居室。爸妈都觉得我疯掉了,但我觉得如果真的能让自己每天住在很喜欢的地方,安全感和幸福感都会很足。虽然房贷和装修贷加一起每个月要还7000块,工资扣完剩手里只有3000多。但我就是那种哪怕手里只有10块钱,也要花8块钱买一束雏菊搞气氛,剩下2块钱吃泡面的人,持续的好心情比一顿吃得好更重要。

2014年8月2日

看了一套离公司不远的房子,比自己的房子更大,所以决定把自己的房子租出去,回归租客的生活。住一个房子那么久了,也没什么新鲜感了,折腾一下也是好的。

2016年12月3日

写《向着光亮那方》的时候,看到一张露台的照片,写了一段话:

看电影电视剧的时候，常常幻想自己也有一个大大的露台，可以烧烤，可以喝酒，可以放烟火，可以拥抱，可以睡到第二天被迎面的阳光烫醒，露台比房子更令人向往，所以要努力工作，住进一个有露台的房子里。

2017年8月1日

在网上看到了井柏然的家，觉得"哇！也太厉害了"，然后觉得"人和人之间差距好大哦，除了钱，还有审美……嗯，可能主要还是差在钱"？后来又很认真地想了想，可能还是差在审美上，因为审美好的话，就会努力挣钱，没啥审美就怎么过都行，也就没有目标。

2018年1月5日

今天去了东京的茑屋电器，设计感巨强，每个区域都是绿植和很棒的设计产品融合为一体。我不小心又看到了日本的装修设计杂志，又开始停下来拍照片，每一张都好看得要命。拍着拍着，我想，其实怎么装修都行，只要不让父母插手，只要能找到一个大胆的设计师，只要把任何普通的装修材料换成特殊的，就会有自己的风格。于是我产生了一个大胆的想法。

2018年6月23日

从剧组回父母家，路上经过了一个湖，发现湖边有一个楼盘，我就停车看了好久，想起了二十出头的时候心里的那个愿望——等长大了，一定要给自己买一个靠湖的房子。然后径直就去了销售中心，销售说他们的房子已经卖完了，如果我一定要，他可以看看别的客户是否有想脱手的，但价格可能要贵一些。好的，我听出来了，最后一句话是重点。虽然价格确实贵了，但那个房子窗外的风景就是我心心念念想了好多年的样子，我决定买了，并且告诉自己——二十二岁的刘同，你看，我帮你实现了愿望啊。

2019 年 7 月 3 日

看了《寄生虫》，对电影没什么感觉，只记得那一套房子了，大平层，落地大玻璃，外面有大草坪，下雨天可以在外面搭帐篷，也可以在房间里喝酒，看着外面的狂风暴雨。

2019 年 12 月 17 日

回老家去了一个仿古巷建筑群，拍了一些照片，决定要让父母在这里养老。立刻托朋友去问价格，嗯，比想象中便宜一点，那接下来要做的事就是攒钱了！

以上这些日记便是下面这篇文章的由来。

"迄今为止，你住过多少个地方？"

"在钨矿的外婆家，在煤矿的奶奶家，最早的记忆里住的是医院的平房，后来搬去了一间晚上有老鼠出没的三楼二居室，我把这算作自己第一个家，小时候到初中我常被老鼠吵醒。

"又换到了一间在五层的屋子，晚上依然有老鼠啃衣柜，并从我枕头边跑过。后来搬到了医院家属区的五层楼三居室，终于没有了老鼠，晚上也不用扔书了。

"大学时，爸妈买了一套四居室的商品房，楼距太近，他俩吵架全小区都能听到细节。

"刚参加工作，在长沙租了一套便宜的一楼，终日没有阳光。

"到北京住的第一套房子是紫竹院旁二楼单间，睡地板，后来搬到了旁边的二层小单间，窗外有一棵大树。

"公司搬家，我也搬家去了老社区筒子楼的十三层，结识了一位每天说话不超过三句的室友，至今还有联系。

"再后来，妈妈帮我付首付买了一套东四环外的一居室，住了两年觉得爸妈来北京不方便,就干脆去北四环租了一套90平方米的二居室。

"住了两年,房东很抱歉地告诉我他儿子要回国,于是我又从北四环跑到东北四环租了一套二居室。

"三十七岁时不想再过租房的生活,算了算自己的积蓄,便开始筹划买房。没看半天,就看中了一套是自己房款预算几倍的房子,但因为足够喜欢,便砸锅卖铁想尽各种方法,居然也凑齐了全款,咬牙买了下来。

"这么算起来,人生四十年,辗转住过十二个地方,如今终于算是有了落脚地。"

回答完以上的问题,又看了看之前自己零零散散关于居住的日记,觉得自己的成长其实是在一间又一间的房子里留下了印记。

以前说"朋友是帮我们记录人生的载体",其实这些年发现很多朋友三五年不联系之后,不仅你忘记了他们,他们也都忘记了你。

而在每一处你所居住过的房子里,每一个靠自己打发过的夜晚,每一杯床头的白开水,每一首音箱里被重复过的曲子,电脑里的那几行字,豆瓣标记下已看的电影,各种品牌的泡面,塞满了冰箱的各式辣酱牛肉酱,午夜下水道的声响,似乎那些才能让我们很清晰地回想起这些年走过的每一步。

最初的梦想

绝大多数人真正拥有自由大概是从大学毕业之后开始的,那时是真的要开始独立生活了。

那时也大都缺钱,无法主动选择居住地的楼层、朝向或面积大小。

只要给我一间房、一张床、一张书桌,让我能自己待着,就没有任何别的挑剔。

至于想要一个怎样的居住环境，特简单——好看的窗帘，能挡阳光，能阻隔黑暗；两套不同色系的被套床单，睡上去的心情也会变得不一样。一个玻璃瓶放桌上，插上三五枝含苞欲放的鲜花，时刻提醒我这里是有生机的，而我还是活着的。

以上就是我对居住环境所有的想象。

随着工资慢慢增加，添置的生活用品也越来越多，开始尝试租住大一点的房子了，小心翼翼地和房东沟通能否不要他们的某些家具。只要房东点头，心情便像点了烟火般振奋，一路烧到天顶。毕竟，那些在心里念叨已久的宜家家具终于可以被自己带回家了。

哪怕最初只是宜家的一个杯子、一个盆栽、一个靠垫、一套床单，后来就慢慢发展到一把椅子、一个洗衣筐、一个书架、一张桌子……不是因为崇拜某个品牌，而是它能让自己对未来的生活抱有持续性的向往。

我最厉害的地方是，那么大的宜家，那么多的家具，各种装饰品，你随手指任何东西问我："这个有什么用，你能放在什么地方？"我便能立刻回答你，它们未来在我家的归处和用途。

虽然我没有自己的房，没有自己的家，但我有自己的规划，这可真是一件了不起的事情。凡事做好了准备，当机会来的时候，便能立刻下手了。

逛到饿了，一定会挤到它的餐厅，去吃一顿偏贵且不算好吃的饭。但在宜家餐厅吃饭，好不好吃不是最重要的，而是身处熙熙攘攘的人群中，身处各种欢声笑语的家庭中，我觉得自己未来也能和他们一样。

第一次出发

二十六岁时，我妈问我在北京过得好吗？辛苦吗？
我回答过得好辛苦。

她以为这是一个答案,但其实这是两个答案——过得好,但也辛苦。

妈妈看我回湖南的可能性不大了,就把家里所有的积蓄拿了出来,帮我在北京买了一间一居室,付了一份首付,剩下的房贷我要自己交。

在租的单间里待惯了,突然要面对客厅卧室、阳台厨房,还有洗手间,我当年那点小梦想完全不够用了。

毕竟,我只擅长在脑海里装修自己的卧室。

就是那时,开始各种采买家居杂志,每一页都觉得好看,看完整本,觉得自己要做的不是装修,而是买房。但这种念头是不会说出来告诉别人的,只会心里想着:哇,好大的落地窗,好暖的阳光,好漂亮的绿植,这个露台真的绝了。心里给自己设计了一款《主题家居》的游戏,类似于去年switch上开始流行的《动物森友会》,你能把自己心里所想的在游戏里实现。也许自己住不了,但游戏里的你可以啊(想想就还蛮苦中作乐的)。

总之,我明白了,如果真想要自己的居住环境不一样,从一开始的装修就要剑走偏锋,怎么过分怎么来,一旦收着了,等到入住的时候,你就会发现自己的居住环境其实蛮普通的。

敢用大胆的颜色刷墙,就能很有个性。

敢不怕单调,统一所有墙壁与家具的颜色,就能非常简洁。

这两者中我选择了后者,把家里弄成全白。客厅中间加了一堵电视墙,把砖头也都刷白了。然后把客厅的一面墙直接改成了书架,也是全白。

设计师问我敢不敢挑战不一样,我说可以。

他便给我拿来好多玻璃珠,说串起来,我们把它吊在电视机上面那一片地方。

我脑海中迅速想象了一下,这样我的客厅看起来会很像个夜店啊……

我担心地说:"会不会很像夜店?"

他说:"如果打上五颜六色的灯,估计会像,但这种不同材质的设计会让你的客厅立马不一样起来。"

包括他还把我门口的一堵墙贴满了橡木板,上面可以用大头针钉上各种照片。

为了这样的装修,我大概花了15万。我没钱,就选择了贷款装修。

朋友觉得我疯了,明明两三万就能搞定的事情,为什么我要花那么多钱。

我心里想着:只有居住在一个让自己每天都感觉很欣喜的地方,才能保持幸福感。而且一定要把家里布置得很有感觉,才会一下班就立刻回来,哪儿都比不上自己的房子。

事实证明就是如此,以前下班之后总是想和同事们出去吃晚餐,到处逛一逛,有了自己喜欢的房子之后,下班就回家,省钱也省时间。

但后来因为父母来北京,一居室不方便,我就把房子租给了喜欢我装修风格的租客,比周围的一居室还能多租个两三百块钱,自己添了钱又奔向二居室的世界。

第二次尝试

此后在北京的几年,我都在租房子住。

我有一个心得——我以前出差住酒店,花200块可以住一个投资500万的酒店。后来我花了400块,可以住一个投资2000万的酒店。再后来我花800块,就能去住投资1个亿的酒店。

这意味着,只要我愿意花四倍的价格,就可以住到比之前好二十倍的酒店。

租房也差不多是这个道理,看了那么多房子,发现租金4000块以下的房子都差不多。但如果愿意多花2000块租金,房子的状况和小区的配置立刻就能上一个台阶。如果还愿意再多花2000块,也就是

8000块租金的话,在北京就能租到一套看起来非常不错的房子。

对那时的我来说,很多很厉害的房子是买不起的,但咬咬牙却是能租下来的。每天上下班,看着新发现的风景,就会在心里告诉自己:加油啊,一定要在这里拥有一套自己的房子。

几年前,我回老家拍戏。

因为读大学前一直和父母住,读了大学后回家也和父母一起住,心里也就一直想着在老家买一套自己住的房子。大窗户,落地窗帘,窗外是山或水,坐在窗边可以待一整天。

年少的梦想总是有点离谱才值得期待,那样的房子我只能在杂志、影视作品里看到,觉得现实中不存在,或者说自己的层次根本就够不到也遇不到这样的房子。

一天,通宵拍完了戏,早上回家经过一个湖边的新楼盘,我就站在旁边抬头想,如果我能买到靠近湖边的一间就好了。

想着就去问了。

销售员说:"先生不好意思,我们的现房都卖完了,只有期房了。"

我说:"现房一套都没了?全卖完了?"

(事实证明,这可能就是卖得好的楼盘的基本话术吧。)

销售员:"是的,先生您想买什么样的房子呢?"

我:"不高不低,挨着湖边,风景很好,适合一个人住。"

销售员:"那您打算什么时候入住呢?"

我:"能立刻买,我就立刻装修的那种。"

销售员:"是这样的,我们的房子确实都卖完了,但……"

当他说出"但"的时候,我知道我要为我的少年梦想额外买单了。

但,我也有个"但"——但那么努力工作不就是想要让自己开心吗?在北京买不起更厉害的房子,但在老家咬咬牙还不行吗?

我就说:"行,你先带我看看吧,看了再说。"

就这样,销售带我看了两套,其中一套我走进去就觉得:哇,我喜欢。

我都能在脑海里想象装修过后，我一个人躺在客厅的样子，我一个人躺在卧室看着湖边的样子。

我说："我要这一套，多少钱？"

销售员报了一个比均价高20%的数字，我算了一下，130平方米就要贵20多万。

我打电话给朋友，朋友觉得不合适，他看我特别放不下，就问："是不是不可替代？完全和你想的一样？"

我说："对。"

他说："行，均价只是买了个房子，而多出来的20多万是开发商为你定制的想象。"

朋友真的太会说话了，我挂了电话就买了，销售措手不及，我十分开心。

回到家，我就跟我妈说："回来的路上，我买了一套房子噢。"

我妈已经见惯了我发神经，很平静地说："不是乱花的就好。"

我还记得，当时我带爸爸妈妈第一次来看毛坯房，他俩也很喜欢这里的风景，只是当我告诉他们我打算给很多墙面都贴上木板、不打算在客厅弄吊顶灯、书房打算放一张水泥桌后，我爸就说我乱搞什么名堂，哪有把木板贴满整面墙的，又不是国外的农村。

我妈劝我家里还是要亮一点好，不然心里会压抑的，说这句的时候还特别真诚地看着我。

我说："好啦好啦，反正这里也不常住，我就想把这里装成那种酒店式的样子，感觉像住在别人的房子里。"

走的时候感觉爸妈有点儿生气，对于父母来说，好像一切的装修都是为了实用，为了家里看起来亮堂。但对于我来说，装修不就是为了让自己和朋友进来的时候觉得——哇，你敢这么装修，而且居然还蛮好看，你这个人也蛮不一样的嘛。

房子的布置真的代表了一个人不为人知的终极审美。

租房的那几年，我很勤快地把房东的家具退掉，添置了自己喜欢的物品。

朋友说："你为什么要浪费钱折腾这些，房东的东西不是也可以用着吗？"

我就和他们探讨，如果一个人常住的地方看不出这个人的性格，甚至都无法让人看到他们的性别、爱好，那这样的居住环境只能说是"暂时睡觉的地方"。如果打算在一个地方长期居住下去，每个人都需要让自己在回家推开门的那一刻觉得——这就是我的地盘。

无论是灯光、气味、颜色，什么都好。

总之我不希望自己每次回到家推开门，心里想的都是——"好了，我又回到了房东的家""好的,这个租的房子还挺干净的"之类的丧气话。

至今为止，无论是租房还是买房，我都尽量要做到一进门就告诉自己——"哇,你自己的地方真的很有品位,哈哈哈。""怎么那么不一样,真是可以待上一整天不出门。"

常给自己心理暗示，就总想回家待着，可以完成好多事情，而不是一直在外面瞎逛。

我把自己对于湖边那套房子所有的想象都说了出来，设计、装修、验收，一切都完成了。

站在窗边的时候，看着湖边的风景，我对自己说："干得漂亮！继续努力吧！"

喜欢的东西就值得倾尽所有

三十七岁的我依然在北京租房，但随着工作和经济都有了好转，心里也开始做起了新规划。如果有合适的房，我就换一套稍微大点的，把小的那一套卖掉。

这么想着，一个周末，我就揣着自己近些年积攒下来的存款，开始了看房的计划。

如果在不考虑房价的前提下，我喜欢的房子应该要有很大的落地窗户，早起的时候会有非常充裕的阳光，客厅里我想养很多绿植，这样的话我每天的心情都会舒畅很多。

朋友说："你是买房子给绿植住吗？"

如果这个房子还有露台的话，那就更厉害了，夏天可以和朋友吃吃烧烤、喝喝酒，能让自己觉得自由。

朋友说："北京的楼高风大，你在露台上会被吹走的。"

这个房子最好还有一个独立的书房，能让我一个人安安静静看书写东西。

朋友说："你家又没有人吵你，你想在哪儿不都行吗？"

我觉得不可，人还是需要有仪式感的环境。

厨房一定要是开放式的，浴室尽量大而通透，能放下一个浴缸最好。虽然也不是有泡澡的爱好，但如果某一天很累，能够泡个澡，多好啊。

没想到，第一天就看到了一套满足我所有要求的房子——一个低层楼房的顶楼。

客厅大，有很大的落地窗，第一眼就被震撼到。只是没开空调，没站一会儿，全身就汗透了，简直太热了，夏天的阳光疯了一样透过玻璃挤进来，大型温室效应。

销售带我上了客厅里的一个小楼梯，楼上还带着一个露台，房东在上面建了一个木亭子，用来喝茶。风刚刚好，吹透了刚才流的汗。

光是看到这两点，我的心就像遇见了合适的相亲对象那样，一直狂喜。

完全把房子的缺点抛之脑后——改造工程巨大。

房东急需脱手，需要全款，也比市价要便宜一些。

我佯装镇定地问了一下价格，是我预算的三倍，我嘴上说："还行，不错，嗯……"

心里想着：妈呀，杀了我吧。

陪我去的朋友知道我的预算，就跟销售说："稍微超出了一点预算，我朋友回头想想再回复你。"

销售说："好的，先生，因为这套房源非常稀缺，所以房东等你回复到晚上。"

回去的路上，我一直在放空，想的并不是自己的钱不够，而是我到底能不能配得上这套房子？我在想我此生再努力一点，能不能买一套自己真正喜欢的房子？如果我已经看到了一套自己喜欢的房子，如果不去争取，我还有心思看别的房子吗？

朋友看出了我的纠结，决定让我清醒一下。

朋友说："客厅那一大片落地玻璃，完全不隔音，不隔热，如果买下来就要换隔音隔热的玻璃，光玻璃就要花几十万。"

我问："不换不行吗？拿窗帘挡着？"

朋友说："也可以，但空调就需要一直开着，不然你客厅就是一个蒸笼，你还养了狗，你的狗根本吃不消。夏天开冷气，冬天地暖也可能没用，你需要另外添置加热器……现在是阶梯电费，一年的电费能缴疯你。楼上的露台你需要改造，光拆掉房东的那些装修，就需要好几万，你还要自己重新布置。我估计这个房子全部弄完，应该是你现在预算的四倍。"

我心一横："先不管装修了，没钱就放在那儿，有钱再装。"

朋友："有钱再装？搞得你好像有钱买一样，哈哈哈哈。"

我好惆怅。

现在想起来，买这套房大概是我人生迄今为止最冒险的举动，比决定北漂还要冒险。

我算了算自己所有的家当，决定折腾一下赌一把，我告诉销售我要买。

然后就立刻行动了，除了我自己的那笔预算，我立刻卖了以前的房子，折价了一些，还不够。

我让妈妈卖了一套老家的老房子，帮我补了一点，不够。

我又卖了一部分公司上市前分给我的股票（我妈曾告诉我，打死都不能动这笔钱，这笔钱是我留给自己养老的……我也不太懂为什么我要留这笔钱养老，估计是妈妈害怕我的人生出问题吧……我卖了股票没有告诉妈妈），但还不够。

我把剩下的股票全部质押给了证券公司（我临时学习到的这种方法，但按照国内奇怪的股市，这种方式特别容易平仓暴雷……什么是平仓暴雷那时我也不懂，总而言之就是你质押的股票很容易立刻就不属于你了……），依然不够。

我和出版社已经签约了下一本书，就厚着脸皮问出版社是不是能够预支一下下本书的稿费，感谢出版社，东拼西凑最终凑齐了房款。

因为没有钱装修，房子买了就放在那里，我在同一个小区租了一套房子住。每当心情不好的时候，我就会去自己的房子看一看，告诉自己：你要努力啊，不要心情不好，这个房子还等着装修呢。

我花了两年的时间给自己慢慢回血，就这样，一直等啊等啊，终于等到装修了。

具体的过程就不赘述了，既然都已经费了那么大力气，买了一套自己喜欢的房子，就必须把这里变成我真正喜欢的地方。

拼命工作的目的，不就是为了让自己的生活能够过得更好一些吗？如果我对自己的生活没什么追求，可能也会犯懒，但既然我已经做了梦，又做到了美梦，那就尽力去实现它。

没有中彩票，没有投机取巧的挣钱方法，也没有人帮助我，我只能靠自己死扛，直到拨云见日那一天。

因为我是双鱼座嘛，我就想在墙壁上弄两条鱼。

直接买鱼的工艺品太贵了要好几万，找厂子做，几千块就能搞定，可找到的厂子觉得活儿太小不愿意接，所以我就一直等着，等他们有空再做。

直到我已经搬完家,前后过了两年多,这鱼才被装上。

反正,最后,终于终于,我把这个梦想完完整整地实现了,站在自己的房子里,坐在木凉亭改造成的玻璃书房写着这些文字,觉得一切都值得了。

过年的时候,我父母、几个好朋友和他们的父母,都来了新家,大家坐在客厅里也不觉得很挤,我就觉得很幸福,很有满足感,能靠自己的双手(好土的形容啊)让那么多人觉得开心。

长辈们连连夸赞这个房子不错,问我多少钱,我说了。

我妈就把我扯到一边,突然问我:"你买房子那么多钱,从哪来的?"

我语塞,就只能实话实说了。

我妈愣了一下,自顾自地说:"不过这个房子给你养老也是可以的。"

我很惆怅地看着她:"你和我爸都不老,为什么一直在想着我养老的事?"

饭桌上,她和几个父母又提起我们这一辈养老的问题,我和朋友们一起制止了他们。

"爸爸妈妈们,你们生我们养我们操心我们长大就够了,不要再操心送我们走了,哈哈哈哈哈。"

现在的我面对很多折腾都很平静了。

去年年底,爸爸突然给我发来好多图片。

很好看的风景,古香古色的建筑群。

爸爸说:"这里风景很好,也在湘南学院(爸爸除了坐门诊,也在医学院上课)旁边,有山有水,这里的房子好像刚刚建好,你要不要来看一看。"

我打电话问了一下朋友,了解了一下价格,内心平静——虽然钱暂时不够,但把现在爸爸妈妈住的地方卖掉,让他们在我买的湖边的二居室里住一年,我再补一些钱也就可以了。

朋友听完我的计划说:"也太折腾了吧?"

我一点都不觉得折腾,因为人生就是要靠折腾才能变得越来越不同的。

懒得折腾就是懒得改变,能有折腾的可能性就放肆折腾吧!

等到有一天连折腾的可能性都没有,那就真的歇菜了。

我现在正在为爸爸的新愿望而努力!

下次再给你们分享我的新成果。

重看这篇文章,我挺感谢自己在某些时刻做出的决定。

无论是大学时鼓起勇气竞选班长,参加校园活动,还是大一给家乡的电台写信争取实习,大二站在报社门口投简历争取实习,大三准备好了所有材料去参加电视台的实习招聘,后来主动申请做内刊的主笔,似乎都是这样——心里觉得没准行,也觉得万一错过就再也不行了,就义无反顾地去做了。

事实证明,几乎就没有很惨的后果。

有人问过我:"万一你做的决定错了呢?失败了呢?"

我说:"那以后我就会尽量学会做谨慎的决定,不那么冲动,也是一种必经之路。"

但事实证明,这种冲动一直在促使我做出很多改变。

决定北漂时,身上只有几百块,想着万一实在过不下去,也可以住朋友家的地板上,反正没听说过有人北漂饿死的,就去了。

之后房子的装修,以及买车,我都一咬牙选择了自己更喜欢但贵一些的,因为配不上,所以才会更努力。

那时一个月工资扣完税10000块出头,但我交完各种贷款后,只剩500块,我就逼着自己到处投稿写专栏,连兼职的婚礼策划都做过。想着自己又不是贷款去做坏事,而是为了让自己的生活越来越好,就放任自己一点一点去靠近自己更喜欢的东西。

就好像这几天,我又有了一个新的想法,决定去尝试,万一做到了呢?

做到了就一定会告诉你们!这又是一个有趣的经历。

Chapter 23

写在四十岁的一封遗书

我曾问过朋友一个问题:"你想知道自己死的时候,哪些人会来、哪些人会哭、哪些人会说什么吗?"

有些朋友觉得我莫名其妙,跟个神经病似的。

也有些朋友会特别激动地表示,他们也常常会思考这种问题,比如:"好想给自己办一场葬礼,看看到底是什么样子。"

这么想着,后来就干脆写了一个故事。

一个被父母抛弃的留守男孩,很想知道自己到底有没有朋友,于是答应把自己健康的心脏捐给另一个先天心脏病的孩子,交换的条件是对方帮自己办一场葬礼,邀请到自己的朋友们,葬礼做完之后就自杀,把心脏留给心脏病男孩。

心脏病男孩为了活下去,答应了留守男孩,却在帮助他筹备葬礼的过程中,慢慢地发现了留守男孩对世界的留恋与孤独。

完成葬礼的过程中发生了种种故事,两个男孩对于生死又有了不一样的看法……最后两个人靠着一颗心脏共同活了下去。

到底是谁活了下来,还是两个人都活了下来?

写的过程,数次落泪,感动到不行,把故事交给公司之后,给的回馈是:太像《故事会》了,太离奇了,未成年是不能够自己捐心脏的!为什么一个男孩被父母抛弃了之后就对世界失望了呢?他没有别的亲人吗?什么样的心脏病需要心脏呢?小城市有这样的技术吗?自杀了之后，心脏真的能那么新鲜地保留吗？就算保留了，如何保证心脏能够准确地给到心脏病男孩呢？

同事们纷纷提出意见，这个故事就像一个魔方被摔到了地上，四分五裂。

虽然故事被否决了，但是在这个故事里，我完完整整地感受到了两个人对于死亡的看法，又对死亡有了不一样的理解。

以前每年生日，我都会写一篇文字给自己，当是过去一年的总结。

写这篇文字恰恰是我四十岁生日的前一天，我在想如果一个人能活到八十岁，那四十岁的我刚刚好走过了一半的路程。所以我不仅要为三十九岁做一个总结，我也应该为我的前半生做一个总结。

我要写怎样的总结才好？

如果我给自己写封遗书呢？

当这个念头冒出来的时候，我并没有觉得无厘头。

遗书不仅包含了自己未完成的遗憾，也有想要旁人帮助继续完成的目标，有一生的总结，也有留给后人的提醒。

写封遗书为前半生做总结，明天开始，我将重新开启下半段人生旅程。

轻装上阵进入四十，总好过浑浑噩噩变成中年油腻男，脸上写着人生无常未来无望，背后缠一身蜘蛛网，整个人又颓废又慌张。

若是梳理前半生的荒谬，则会让后半生变得自由。

若前半生因为努力而做到了无憾，则会让后半生做选择时变得更加果敢。

越想越觉得遗书是个好东西。

于是，我想：如果明天我就死了，那现在我会写什么呢？

写在四十岁的遗书

爸妈：

当你们看到这封信的时候，我正在你们身边陪着你们读这封信。

虽然我没了呼吸，但我现在还是笑嘻嘻的，就像往常我和你们相处时那样。

你俩想哭就哭一会儿，但不要太难过，很多人离开连一句遗言都没有，你们看，我还写了封信给你们，光是能收到这封信，就值得庆祝了。

还记得大学时，我每天都给你们分别打电话吗？

有天我爸受不了了，就问我："一个男孩子，怎么每天都要打电话，也没什么话说，腻歪那么多干吗？"

我就很严肃地告诉爸爸："哎呀，万一明天我死了，最起码你还记得最后我跟你说的话是什么，你也知道我爱你们嘛。"

没人知道死亡与明天哪个先来，所以从二十岁开始，我就每天都在做这个准备。

准备了二十年，终于也派上用场了。

四十岁就离开这个世界，听起来似乎没有赚到。但就我个人而言，我已经很满意了，爸爸曾说人生在世最怕没有活明白，没有活尽兴，活得不像自己。

而我觉得我活得挺明白的，也活得尽兴，最重要的是我的生活都是自己的选择，我也活得很开心。从爸爸的原则来看，我已经很大程度符合"没有白活一次"的标准了。

这四十年，我经历了很多困难，但没有任何一个困难把我困在原地。无论多么想放弃，多么焦虑，我总能说服自己换不同的角度去解决问题，虽然结果在他人看来时好时坏，但在我看来，我没有给自己徒添困扰，还能继续往前走，就是最好的结果。

我遇见了很多对我有意义的人。我被人爱过，也爱过人，和爱的人牵过手,体会过人间最幸福的时刻。我被伤害过,也伤害过别人,分开时都许过一些没能做到的承诺。我哭着对朋友说,这辈子再也不会相信爱了,内心荒芜了好几年,可偏偏还能再遇见一阵微风,从干涸里冒出春天。虽然我不相信爱,但我开始相信新的人了。就算我走了,我爱的人和爱我的人一样,还都是你们的孩子。

十八岁离开你们,开始人生的远行,走了比你们更远的路,也看了比你们更高的天空,你们也应该为我感到开心。手机上的飞行软件记录我去了11个国家,74座城市,飞行了83万公里,1450个小时,在天空穿梭了550次。

你们有段时间总暗示我,我哪个同学又生孩子了,他们的哪个孩子又升初中了。

我总是笑着说,那个同学成绩很差,毕业进入社会后,也没有想着如何去看更多的世界,就生了小孩。虽然这样也是一种有意义的人生,但那并不是我想要的人生。我希望自己能成为一个尽可能看到更多世界的人,如果有了孩子,我也能让孩子看到更多的世界。

说到这儿,真是不好意思,没给你们留下一个孙子或孙女,似乎有些遗憾。但我又想,如果真给你们留下了一个孩子,你们每天看着他,想起我,然后以泪洗面,似乎也不是什么好事。你俩辛辛苦苦地把我养大,好不容易退休了,就好好地过好自己的晚年生活吧,不要再成为保姆了。

我的稿费、公司的股份、北京的房子,你们都可以折算成现金,应该够你俩好好养老了。如果爸爸愿意的话,甚至可以约上自己的那些好朋友一起养老,大家住一块,热热闹闹的,应该也够了。趁你们活着还健康,就赶紧花了吧,没有什么比花孩子挣的钱更快乐的事了。更何况,孩子还死了,哈哈哈。

花完,就在另一个世界见面吧,我还会挣钱等着你们的。

有些话还想单独和妈妈说一下。

我性格里可能更靠近爸爸，人生里无论遇到任何事情都往好了想，所以我一点都不担心他会想不开。

可是你，又善良又总为别人考虑，一辈子围着我和爸爸转，如果我或爸爸离开，你一定会很难过吧。

你作为一位母亲，真的很厉害了。

从小到大，我不知道听周围的朋友们说过多少次："刘同，你的妈妈也太好了吧。"

每每提及你，我都很自豪。

家里我的抽屉里有一本高中毕业册，明明是我的纪念册，但一大半的同学却专门给你写了很多话。包括现在同学聚会，只要看到我，大家就必然提起你。

一个考上上海的大学、现在在高铁站工作的同学说，高二的时候他在医院打针住了三天，你带着他到处看病，最后结账的时候收费室只收了他一块钱，其他的费用你都帮他出了。

我也记得小时候你带我坐火车去江西的外公外婆家，晚上住在小旅馆，门锁很松，你害怕有人闯进来，就让我一个人睡床上，然后开着灯，自己坐在地上靠着门睡了一夜。

高考时，爸爸不让我报考中文系，你看着我，告诉我："如果你喜欢，那我们就改志愿，不管他了。"

二十八岁的那天晚上，你应该记得吧。那大概是我人生最差劲的时刻，工作不顺，感情不顺，和你们的沟通也出了巨大的问题，我觉得自己的人生大概率会垮在二十八岁那年。

你大概察觉到了我的不对劲，晚上一直坐在客厅等我。

我凌晨三点回到家，你还没睡，想和我聊一聊。

那晚，我一股脑儿地把自己人生所有的不堪和痛苦都说了出来。

那是你完全不认识的我，但那个我便是真实的我。

我说啊说啊，中间也哭了几鼻子，大概是觉得自己十八岁离开家之后的十年，一切都是自己的选择，不应该跟你们抱怨任何事情。可那天晚上，你一直在等我，让我意识到"我有父母，我就应该告诉他们一切，他们如果不接受真实的我，不仅是我的遗憾，也是他们的遗憾"。

你听完，没有激动，没有生气，也没有难过，你只是反复在确认："我能帮你什么吗？我需要怎么做？"

我说："我只希望我最亲的你和我爸能完全站在我这边理解我就行。"

你说没问题，你去搞定我老爸。

那时，我觉得能成为你的儿子真是幸运。

虽然你看起来柔柔弱弱的，说话也很温柔，可是到了我人生的关键时刻，你总是会为我出头，保护我。

爸爸退休后返聘去医院坐门诊，你为了他出行方便，在六十五岁时考了驾照。

白天在家没事，你就开始学古筝，和同学们参加市里的比赛，也拿到了第一名。

我说你白发越来越多，染发对身体不好，最好戴假发。你二话不说，立刻就去买了两顶。

我说你退休了也有时间，可以学着化一点淡妆，让自己漂亮起来。然后你就立刻去文了眉，涂起了口红。

以前每次说到我更像谁的时候，大家都说我的性格像爸爸，我也觉得我像爸爸更多一点，你就有些难过。但现在说着说着，我怎么觉得自己更像你的性格呢？任何事情，只要觉得开心，二话不说就去做了，根本不在意别人怎么看。

为什么我到现在才意识到呢？

好了，接下来我想对爸爸也说些心里话了。

三十岁之后，我突然发现了和爸爸沟通的密码，别把他当爸爸，把他当兄弟，他就开心。

爸爸以前问我："你在文章里写你妈妈，你怎么不写写我？"

我说我对你又不了解，我们连吵架都是冷战，有什么可写的嘛！

今年，我终于写了一篇关于爸爸的文章。

爸爸帮我找剧本里关于医学病症的bug（漏洞）。

爸爸带着演员上山认所有的草药。

爸爸成为每次聚会最会搞气氛的那个人。

我能成为爸爸的儿子也真的很走运啊。

    写到这里，我真的很想写下辈子还想当你们的儿子，可我走得比你俩早……那我就当你们的爹好了（真不是骂人的话……而是真的希望我们下辈子还能成为一家人，生生世世的一家人，当你们的狗啊猫啊都行）。

    要说还有什么遗憾，似乎也想不到了。想要感谢的人很多，就不一一提及了，主要是害怕漏了谁，也没机会弥补。反正心里有我的朋友，我会进他们梦里的。

别的好像真的没什么要说的了。

爸，妈，那就这样了。

我会想念你们的。

你们要好好的。

儿子：刘同
2021年2月26日

爸妈：

    昨天写完那封信，突然想起还有几件事。

我养的两条狗，同喜和二白。

同喜十二岁了，也算是高龄了；二白五岁，还活泼得很。

我把它俩托付给了朋友，你俩如果没事，可以去看看。

同喜像长大的我，固执、折腾，也贴心。

二白像小时候的我，胆小忍让，喜欢装乖。

你们去看它俩的时候，可以买两个小玩具。

同喜喜欢红色的娃娃，二白喜欢黄色的娃娃。

另外一件事，是我和你俩商量好的。

我的骨灰一些埋在家里院子的树下，让我陪着你们。

还有一些放在家里，让我看着你们。

还有三两好友，你们都认识，如果他们来看你们或看我的时候，想留一些关于我的回忆，就让他们挑一些我留下的东西带回去吧。

我的微博密码写在了给妈妈的那个信封里，你们可以登录我的微博，也许会有一些读者写一些话给我，你们可以帮我回复，谢谢他们，他们会知道这是我的父母。

别的真没了。

儿子：刘同

2021年2月27日

我对遗书最初的理解来源于电视剧。

小时候的我一直觉得只有有钱人死之前才需要遗书，内容无非是名下的财产应该如何分配。电视剧里，律师不动声色地念着老爷的遗书，儿女们以小家为单位簇拥在一起哭泣。我边看边想，如果有人死了之后给我留个100万，我应该会当场笑出声来吧。

十几二十岁，又对遗书有了新的疑惑——多数死亡的原因都源于意外，连他们自己都不知道自己的死期，又怎能先写下遗书呢？就算写好了遗书，在他死的那一刻，真的没有别的遗漏的内容了吗？

果然在尝试写这些的时候，总是会有忘记的内容。

后来写完这封"遗书"后,我一直没敢看。

过了大半年我重新读起,依然能想到那天写信时的心情。我写的时候尚如此,如果妈妈看到这封信,肯定又会大骂我,活得好好的,为什么要写这种鬼东西,真是不吉利。

然后她肯定又会想好几天,然后发信息问我:"同同,你不会得了什么病吧?用这样的方式慢慢让我和你爸接受?你千万不要吓我!!!"

我太了解我妈了。

所以我不敢给她看,我也不敢跟她提,但万一她在我的书里看到了,她到底是会难过,还是会感动呢?我不清楚,但写完这些后,我很庆幸给了自己一个机会写下这些。

如果我真的突然离开,这就是我想告诉这个世界的话。

如果我还健康地活着,这也是我心里想告诉这个世界的话。

我四十岁之前,真的活得挺开心的。除了自己很认真地对待生活,最重要的是有理解我的爸爸妈妈,能让我健健康康地生活着,过着自己想要的人生。

所以接下来的下半生,这一点绝不能变啊。

最后一句还是写给我妈:"妈,我真的很好!好得不得了!接下来我的后半生会比现在还要好!"

全书完 {Goodnight.}

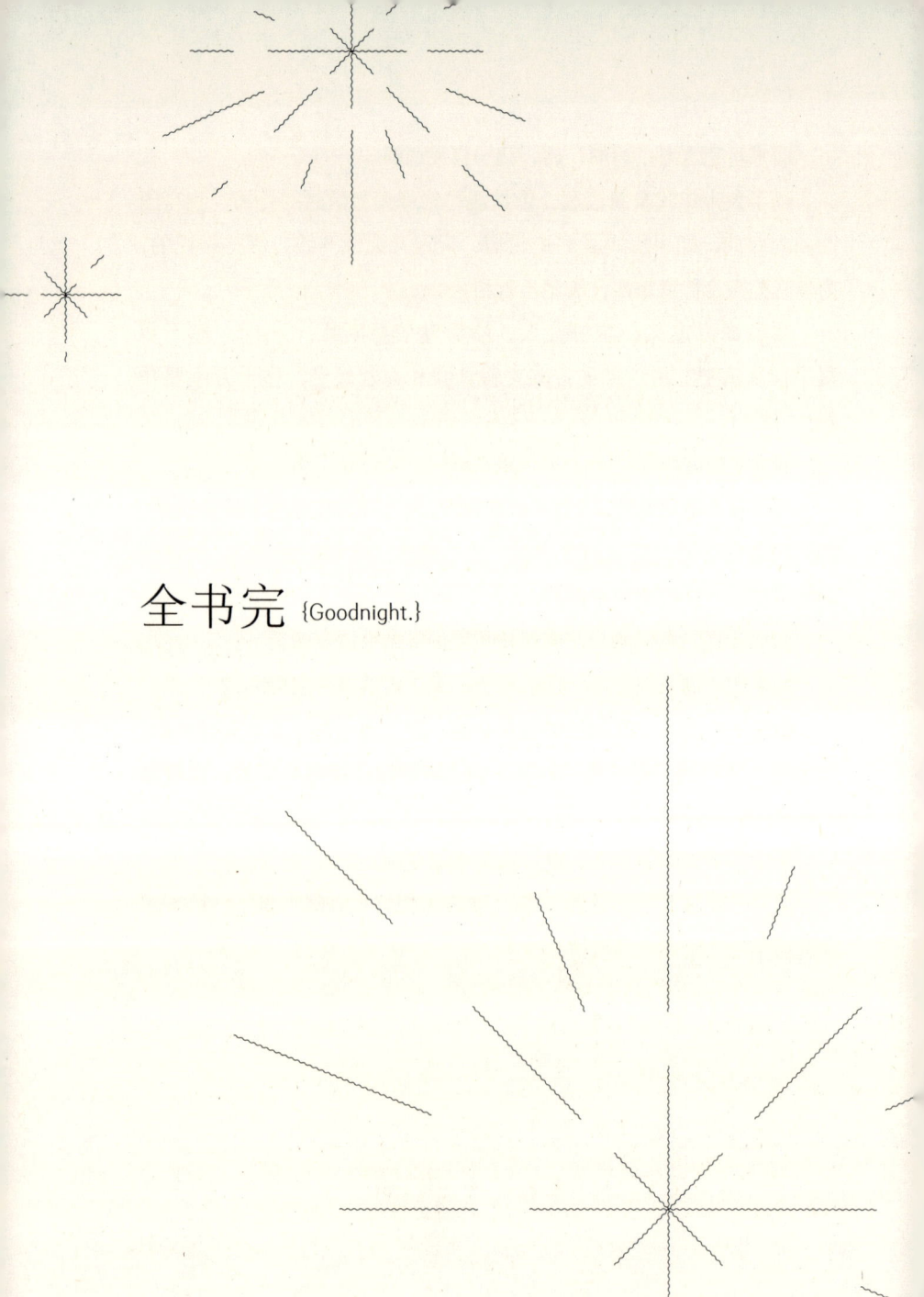

想为你的深夜放一束烟火

作者 _ 刘同

产品经理 _ 陈曦 刘树东   装帧设计 _ 陆骏璇   产品总监 _ 何娜   特约监制 _ 北宜 郑苏欣
技术编辑 _ 顾逸飞   执行印制 _ 梁拥军   出品人 _ 王誉

营销团队 _ 果麦营销与品牌部   物料设计 _ 朱凤婷

果麦
http://www.guomai.cc

以 微 小 的 力 量 推 动 文 明

图书在版编目（CIP）数据

想为你的深夜放一束烟火 / 刘同著. —— 杭州：浙江文艺出版社, 2022.6（2023.4重印）
ISBN 978-7-5339-6839-7

Ⅰ. ①想… Ⅱ. ①刘… Ⅲ. ①散文集－中国－当代 Ⅳ. ①I267

中国版本图书馆CIP数据核字（2022）第065681号

责任编辑　罗　艺
装帧设计　陆骏璇

想为你的深夜放一束烟火
刘同　著

出　版	浙江文艺出版社
地　址	杭州市体育场路347号　邮编　310006
经　销	浙江省新华书店集团有限公司
	果麦文化传媒股份有限公司
印　刷	河北鹏润印刷有限公司
开　本	880mm×1230mm　1/32
字　数	213千字
印　张	8
印　数	192,001—222,000
版　次	2022年6月第1版
印　次	2023年4月第5次印刷
书　号	ISBN 978-7-5339-6839-7
定　价	52.00元

版权所有　侵权必究
如发现印装质量问题，请联系调换。电话：021-64386496